I0556886

رحلات السندباد البحري

الجزء السادس
من قصص ألف ليلة وليلة

إعداد وتحرير: رأفت علام

مكتبة المشرق الإلكترونية

صدر في مارس ٢٠١٩ عن مكتبة المشرق الإلكترونية — مصر

أول الحكاية

كان في زمن الخليفة أمير المؤمنين هارون الرشيد، بمدينة بغداد، رجل يقال له السندباد الحمال، وكان رجلًا فقير الحال، يحمل تجارته على رأسه. فاتفق له أنه حمل في يوم من الأيام حمل ثقيل. وكان ذلك اليوم شديد الحر، فتعب من تلك الحملة وعرق واشتد عليه الحر، فمر على باب رجل تاجر قدامه كنس ورش، وهناك هواء معتدل، وكان بجانب الباب مصطبة عريضة فحط حمله على تلك المصطبة ليستريح ويستنشق الهواء. فخرج عليه من ذلك الباب نسيم رائق ورائحة ذكية، فاستلذ الحمال لذلك، وجلس على جانب المصطبة، فسمع في ذلك المكان نغم أوتار وعود وأصوات مطربة وأنواع إنشاد معربة.. وسمع أيضًا أصوات طيور تناغي وتسبح الله تعالى باختلاف الأصوات وسائر اللغات، من قماري وهزار وشحارير وبلابل وفاخت وكروان.

فعند ذلك تعجب وطرب طربًا شديدًا، فتقدم إلى ذلك فوجد داخل البيت بستانًا عظيمًا. ونظر فيه غلمانًا وعبيدًا وخدامًا وحشمًا وشيئًا لا يوجد إلا عند الملوك والسلاطين. وبعد ذلك هبت عليه رائحة أطعمة طيبة ذكية من جميع الألوان المختلفة والشراب الطيب، فرفع طرفه إلى السماء وقال:

- سبحانك يا رب، يا خالق، يا رزاق، ترزق من تشاء بغير حساب. اللهم إني أستغفرك من جميع الذنوب وأتوب إليك من العيوب يا رب لا أعترض عليك في حكمك وقدرتك فإنك لا تسأل عما تفعل وأنت على كل شيء قدير، سبحانك تغني من تشاء وتعز من تشاء وتذل من تشاء، لا إله إلا أنت، ما أعظم شأنك وما أقوى سلطانك، وما أحسن تدبيرك، قد أنعمت على من تشاء من عبادك، فهذا المكان صاحبه في غاية النعمة، وهو متلذذ بالروائح اللطيفة والمآكل اللذيذه، والمشارب الفاخرة في سائر الصفات وقد حكمت في خلقك بما تريد وما قدرته عليهم، فمنهم تعبان ومنهم مستريح ومنهم سعيد ومنهم من هو مثلي في غاية التعب والذل، وأنشد يقول:

فكم من شـقـي بـلا راحة   ينعم في خير فـيء وظـل
وأصبحت فـي تـعـب زائد   وأمري عجيب وقد زاد حملي
وغيري سعيد بـلا شـقـوة   وما حمل الدهر يومًا كحملي
ينـعـم فـي عـيشة دائمـًا   ببسط وعز وشـرب وأكـل
وكل الخلائق مـن نـطـفة   أنا مثل هذا وهذا كمثـلـي
ولكن شتـان مـا بـيـنـنـا   وشتان بين خـمـر وخـل
ولست أقول عليك افـتـراء   فأنت حكيم حكمت بـعـدل

فلما فرغ السندباد الحمال من شعره ونظمه، أراد أن يحمل حمله ويسير، إذ قد طلع عليه من ذلك الباب، غلام صغير السن حسن الوجه مليح القد فاخر الملابس، فقبض على يد الحمال، وقال له:

- ادخل كلم سيدي فإنه يدعوك..

فأراد الحمال الامتناع عن الدخول مع الغلام فلم يقدر على ذلك. فحط حمله عند الباب، في وسط المكان ودخل مع الغلام داخل الدار فوجد دارًا مليحة وعليها أنس ووقار، ونظر إلى مجلس عظيم، فنظر فيه من السادات الكرام والموالي العظام. وفيه من جميع أصناف الزهر وجميع أصناف المشموم ومن أنواع النقل والفواكه وشيء كثير من أصناف الأطعمة النفيسة وفيه مشروب من خواص دوالي الكروم. وفيه آلات السماع والطرب من أصناف الجواري الحسان كل منهن في مقامه على حسب الترتيب. وفي صدر ذلك المجلس، رجل عظيم محترم قد لكزه الشيب في عوارضه، وهو مليح الصورة حسن المنظر وعليه هيبة ووقار وعز وافتخار. فعند ذلك بهت السندباد الحمال وقال في نفسه:

- والله إن هذا المكان من بقع الجنان، أو أنه يكون قصر ملك أو سلطان..

ثم تأدب وسلم عليهم وقبل الأرض بين أيديهم ووقف وهو منكس رأسه متخشع، فأذن له صاحب المكان بالجلوس، فجلس، وقد قربه إليه، وصار

يؤانسه بالكلام ويرحب به. ثم إنه قدم له شيئًا من أنواع الطعام المفتخر الطيب النفيس، فتقدم السندباد الحمال وسمى وأكل حتى اكتفى وشبع وقال: الحمد لله على كل حال.. ثم إنه غسل يديه وشكرهم على ذلك. فقال صاحب المكان:

- مرحبا بك، ونهارك مبارك، فما يكون اسمك؟ وما تعاني من الصنائع؟

فقال له:

- يا سيدي، اسمي السندباد الحمال، وأنا أحمل على رأسي أحمال الناس بالأجرة..

فتبسم صاحب المكان وقال له:

- اعلم يا حمال أن اسمك مثل اسمي، فأنا السندباد البحري، ولكن يا حمال، قصدي أن تسمعني الأبيات التي كنت تنشدها وأنت على الباب.

فاستحى الحمال وقال له:

- بالله عليك لا تؤاخذني، فإن التعب والمشقة وقلة ما في اليد تعلم الإنسان قلة الأدب والسفه.

فقال له:

- لا تستحي، فأنت صرت أخي، فانشد هذه الأبيات، فإنها أعجبتني لما سمعتها منك وأنت تنشدها على الباب..

فعند ذلك، أنشده الحمال تلك الأبيات، فأعجبته وطرب لسماعها وقال له:

- اعلم أن لي قصة عجيبة، وسوف أخبرك بجميع ما صار لي وما جرى لي من قبل أن أصير في هذه السعادة، واجلس في هذا المكان الذي تراني فيه، فإني ما وصلت إلى هذه السعادة وهذا المكان، إلا بعد تعب شديد ومشقة عظيمة وأهوال كثيرة، وكم قاسيت في الزمن الأول من التعب والنصب وقد سافرت سبع سفرات وكل سفرة لها حكاية تحير الفكر وكل ذلك بالقضاء والقدر، وليس من المكتوب مهرب ولا مفر..

الرحلة الأولى

قال السندباد البحري:

- اعلم يا حمال أنه كان لي أب تاجر وكان من أكابر الناس والتجار وكان عنده مال كثير ونوال جزيل، وقد مات وأنا ولد صغير، وخلف لي مالًا وعقارًا وضياعًا. فلما كبرت، وضعت يدي على الجميع وقد أكلت أكلًا مليحًا، وشربت شربًا مليحًا، وعاشرت الشباب، وتجملت بلبس الثياب، ومشيت مع الخلان والأصحاب، واعتقدت أن ذلك يدوم لي وينفعني.. ولم أزل على هذه الحالة مدة من الزمان ثم إني رجعت إلى عقلي وأفقت من غفلتي، فوجدت مالي قد مال وحالي قد حال، وقد ذهب جميع ما كان عندي. ولم أستفق لنفسي إلا وأنا مرعوب مدهوش، وقد تفكرت حكاية كنت أسمعها سابقًا، وهي حكاية سيدنا سليمان بن داود عليه السلام في قوله:

- ثلاثة خير من ثلاثة، يوم الممات خير من يوم الولادة، وكلب حي خير من سبع ميت والقبر خير من القصر.

ثم إني قمت وجمعت ما كان عندي من أثاث وملبوس وبعته ثم بعت عقاري وجميع ما تملك يدي، فجمعت ثلاثة آلاف درهم، وقد خطر ببالي السفر إلى بلاد الناس وتذكرت كلام بعض الشعراء حيث قال:

بقدر الكد تكتسب المعالي — ومن طلب العلا سهر الليالي

يغوص البحر من طلب اللآلئ — ويحظى بالسيادة والنوال

ومن طلب العلا من غير كد — أضاع العمر في طلب المحال

فعند ذلك، هممت فقمت واشتريت لي بضاعة ومتاعًا وأسبابًا وأشيائًا من أغراض السفر. وقد سمحت لي نفسي بالسفر في البحر، فنزلت المركب وانحدرت إلى مدينة البصرة مع جماعة من التجار، وسرنا في البحر أيامًا وليالي، وقد مررنا بجزيرة بعد جزيرة ومن بحر إلى بحر ومن بر إلى بر. وفي كل مكان مررنا به، نبيع ونشتري، ونقايض بالبضائع فيه. وقد انطلقنا في سير البحر إلى أن وصلنا إلى جزيرة كأنها روضة من

رياض الجنة. فأرسى بنا صاحب المركب على تلك الجزيرة، ورمى مراسيها، وشد السقالة، فنزل جميع من كان في المركب في تلك الجزيرة، وعملوا لهم كوانين وأوقدوا فيها النار واختلفت أشغالهم، فمنهم من صار يطبخ ومنهم من صار يغسل ومنهم من صار يتفرج، وكنت أنا من جملة المتفرجين في جوانب الجزيرة.

وقد اجتمع الركاب على أكل وشرب ولهو ولعب، فبينما نحن على تلك الحالة، وإذا بصاحب المركب واقف على جانبه وصاح بأعلى صوته:

- يا ركاب السلامة أسرعوا واطلعوا إلى المركب وبادروا إلى الطلوع واتركوا أسبابكم واهربوا بأرواحكم، وفوزوا بسلامة أنفسكم من الهلاك، فإن هذه الجزيرة التي أنتم عليها ما هي جزيرة، وإنما هي سمكة كبيرة، رست في وسط البحر، فبنى عليها الرمل، فصارت مثل الجزيرة.. وقد نبتت عليها الأشجار من قديم الزمان فلما وقدتم عليها النار أحست بالسخونة فتحركت، وفي هذا الوقت تنزل بكم في البحر فتغرقون جميعًا، فاطلبوا النجاة لأنفسكم قبل الهلاك.

ولما سمع الركاب كلام ذلك القبطان، أسرعوا وبادروا بالطلوع إلى المركب، وتركوا الأسباب وحوائجهم وكوانينهم، فمنهم من لحق المركب ومنهم من لم يلحقه وقد تحركت تلك الجزيرة ونزلت إلى قرار البحر بجميع ما كان عليها وانطبق عليها البحر العجاج المتلاطم بالأمواج. وكنت من جملة من تخلف في الجزيرة، فغرقت في البحر مع جملة من غرق، ولكن الله تعالى أنقذني ونجاني من الغرق ورزقني بقطعة خشب كبيرة من القطع التي كانوا يغسلون فيها فأمسكت بها وركبتها من حلاوة الروح، ورفست في الماء برجلي مثل المجاديف والأمواج تلعب بي يمينًا وشمالًا.

وقد نشر القبطان قلاع المركب وسافر بالذين طلع بهم في المركب، ولم يلتفت لمن غرق منهم. ومازلت أنظر إلى ذلك المركب حتى خفي عن عيني، وأيقنت بالهلاك، ودخل علي الليل وأنا على هذه الحالة. فمكثت على ما أنا فيه يومًا وليلة وقد ساعدني الريح والأمواج إلى أن رست بي

تحت جزيرة عالية وفيها أشجار مطلة على البحر. فمسكت فرعًا من شجرة عالية وتعلقت به بعدما أشرفت على الهلاك وتمسكت به إلى أن طلعت إلى الجزيرة، فوجدت في رجلي خدلًا ولم أشعر بجسمي من شدة ما كنت فيه من الكرب والتعب، وقد ارتميت في الجزيرة وأنا مثل الميت وغبت عن وجودي، ولم أزل على هذه الحالة إلى ثاني يوم.

طلعت الشمس علي وانتبهت في الجزيرة فوجدت رجلي قد ورمتا، فسرت حزينًا على ما أنا فيه، فتارة أزحف وتارة أحبو على ركبي. وكان في الجزيرة فواكه كثيرة وعيون ماء عذب، فصرت آكل من تلك الفواكه ولم أزل على هذه الحالة مدة أيام وليال فانتعشت نفسي وردت لي روحي وقويت حركتي، وصرت أتفكر وأمشي في جانب الجزيرة وأتفرج بين الأشجار مما خلق الله تعالى. وقد عملت لي عكازًا من تلك الأشجار أتوكأ عليه. ولم أزل على هذه الحالة إلى أن تمشيت يومًا من الأيام في جانب الجزيرة، فلاح لي شبح من بعيد فظننت أنه حيوان أو أنه دابة من دواب البحر، فتمشيت إلى نحوه ولم أزل أتفرج عليه وإذا هو فرس عظيم المنظر مربوط في جانب الجزيرة على شاطئ البحر، فدنوت منه فصرخ علي صرخة عظيمة، فارتعبت منه وأردت أن أرجع.. وإذا برجل خرج من تحت الأرض، وصاح علي واتبعني وقال لي:

- من أنت؟ ومن أين جئت؟ وما سبب وصولك إلى هذا المكان؟

فقلت له:

- يا سيدي اعلم أني رجل غريب، وكنت في مركب وغرقت أنا وبعض من كان فيها، فرزقني الله بقطعة خشب فركبتها وعامت بي إلى أن رمتني الأمواج في هذه الجزيرة.

فلما سمع كلامي أمسكني من يدي وقال لي:

- امش معي..

فنزل بي في سرداب تحت الأرض، ودخل بي إلى قاعة كبيرة تحت الأرض وأجلسني في صدر تلك القاعة، وجاء لي بشيء من الطعام، وأنا

كنت جائعًا، فأكلت حتى شبعت واكتفيت وارتاحت نفسي. ثم إنه سألني عن حالي وما جرى لي، فأخبرته بجميع ما كان من أمري من المبتدأ إلى المنتهى فتعجب من قصتي.

فلما فرغت من حكايتي قلت:

- بالله عليك ياسيدي، لا تؤاخذني، فأنا قد أخبرتك بحقيقة حالي وما جرى لي، وأنا أشتهي منك أن تخبرني من أنت، وما سبب جلوسك في هذه القاعة التي تحت الأرض؟ وما سبب ربطك هذه الفرس على جانب البحر؟

فقال لي:

- اعلم أننا جماعة متفرقون في هذه الجزيرة على جوانبها، ونحن سياس الملك المهرجان وتحت أيدينا جميع خيوله. وفي كل شهر عند القمر، نأتي بالخيل الجياد ونربطها في هذه الجزيرة من كل بر، ونختفي في هذه القاعة تحت الأرض حتى لا يرانا أحد. فيجيء حصان من خيول البحر على رائحة تلك الخيل ويطلع على البر فلا ير أحدًا، فيركب عليها، ويقضي منها حاجته، وينزل عنها.. ويريد أخذها معه، فلا تقدر أن تسير معه من الرباط، فيصيح عليها ويضربها برأسه ورجليه، فنسمع صوته فنعلم أنه نزل عنها، فنطلع صارخين عليه فيخاف وينزل البحر.. أما إناث الخيول، فتحمل وتلد مهرًا أو مهرة تساوي خزنة مال. ولا يوجد لها نظير على وجه الأرض. وهذا وقت طلوع الحصان وإن شاء الله تعالى آخذك معي إلى الملك المهرجان، وأفرجك على بلادنا. واعلم أنه لولا اجتماعك علينا ما كنت ترى أحدًا في هذا المكان غيرنا وكنت تموت كمدًا ولا يدري بك أحد. ولكن أنا أكون سبب حياتك ورجوعك إلى بلادك.

فدعوت له وشكرته على فضله وإحسانه. فبينما نحن في هذا الكلام، وإذا بالحصان قد طلع من البحر وصرخ صرخة عظيمة، ثم وثب على الفرس، فلما فرغ منها، نزل عنها، وأراد أخذها معه، فلم يقدر ورفست وصاحت عليه. فأخذ الرجل السايس سيفًا بيده ودرقة وطلع من باب تلك

القاعة، وهو يصيح على رفقته ويقول: اطلعوا إلى الحصان.. ويضرب بالسيف على الدرقة، فجاء جماعة بالرماح صارخين فجفل منهم الحصان، وراح إلى حال سبيله ونزل في البحر مثل الجاموس، وغاب تحت الماء.

فعند ذلك جلس الرجل قليلًا، وإذا هو بأصحابه قد جاؤه ومع كل واحد فرس يقودها فنظروني عنده، فسألوني عن أمري، فأخبرتهم بما حكيته له. واقتربوا مني ومدوا السماط وأكلوا وعزموني، فأكلت معهم. ثم إنهم قاموا وركبوا الخيول وأخذوني وسافرنا إلى مدينة الملك المهرجان. وقد دخلوا عليه وأعلموه بقصتي، فطلبني، فأدخلوني عليه وأوقفوني بين يديه فسلمت عليه فرد علي السلام، ورحب بي وحياني بإكرام، وسألني عن حالي، فأخبرته بجيع ما حصل لي وبكل ما رأيته من المبتدأ إلى المنتهى.

فعند ذلك تعجب مما وقع لي ومما جرى لي. فعند ذلك قال لي:

- يا ولدي، والله لقد حصل لك مزيد السلامة، ولولا طول عمرك ما نجوت من هذه الشدائد. ولكن الحمد لله على السلامة.

ثم إنه أحسن إلي وأكرمني وقربني إليه وصار يؤانسني بالكلام والملاطفة، وجعلني عنده عاملًا في ميناء البحر وكاتبًا على كل مركب عبر إلى البر، وصرت واقفًا عنده لأقضي له مصالحه، وهو يحسن إلي وينفعني من كل جانب. وقد كساني كسوة مليحة فاخرة، وصرت مقدمًا عنده في الشفاعات وقضاء مصالح الناس، ولم أزل عنده مدة طويلة.

وأنا كلما اشق على جانب البحر، أسأل التجار والمسافرين والبحريين عن ناحية مدينة بغداد لعل أحدًا يخبرني عنها، فأروح معه إليها، وأعود إلى بلادي. فلم يعرفها أحد ولم يعرف من يروح إليها، وقد تحيرت في ذلك وسئمت من طول الغربة. ولم أزل على هذه الحالة مدة من الزمان إلى أن جئت يومًا من الأيام ودخلت على الملك المهرجان فوجدت عنده جماعة من الهنود، فسلمت عليهم فردوا علي السلام ورحبوا بي، وقد سألوني عن بلادي فذكرتها لهم، وسألتهم عن بلادهم ذركوا لي أنهم أجناس مختلفة، فمنهم الشاركية وهم أشرف أجناسهم، لا يظلمون أحدًا

ولا يقهرونه. ومنهم جماعة تسمى البراهمة، وهم قوم لا يشربون الخمر أبدًا، وإنما هم أصحاب حظ وصفاء ولهو وطرب وجمال وخيول ومواشي. وأعلموني أن صنف الهنود يفترق على اثنين وسبعين فرقة فتعجبت من ذلك غاية العجب.

ورأيت في مملكة المهرجان جزيرة من جملة الجزائر، يقال لها كابل يسمع فيها ضرب الدفوف والطبول طول الليل، وقد أخبرنا أصحاب الجزائر والمسافرين أنهم أصحاب الجد والرأي. ورأيت في البحر سمكة طولها مائتا ذراع ورأيت أيضًا سمكًا وجهه مثل وجه البوم. ورأيت في تلك السفرة كثيرًا من العجائب والغرائب، مما لو حكيته لك لطال شرحه ولم أزل أتفرج على تلك الجزائر وما فيها، إلى أن وقفت يومًا من الأيام على جانب البحر وفي يدي عكاز حسب عاداتي، وإذا بمركب قد أقبل وفيه تجار كثيرون.

فلما وصل إلى ميناء المدينة وفرضته، وطوى الريس قلوعه وأرسله على البر ومد السقالة وأطلع البحرية جميع ما كان في ذلك المركب إلى البر، وأبطأوا في تطليعه وأنا واقف أكتب عليهم. فقلت لصاحب:

- المركب هل بقي في مركبك شيء؟

فقال:

- نعم يا سيدي، معي بضائع في بطن المركب، ولكن صاحبها غرق في البحر، في بعض الجزائر ونحن قادمون في البحر، وصارت بضائعه معنا. فغرضنا أننا نبيعها ونأخذ ثمنها لأجل أن نوصله إلى أهله في مدينة بغداد دار السلام.

فقلت للريس:

- ما يكون اسم ذلك الرجل صاحب البضائع؟

فقال:

- اسمه السندباد البحري وقد غرق في البحر.

فلما سمعت كلامه حققت النظر فيه، فعرفته وصرخت عليه صرخة عظيمة. وقلت:

- يا ريس اعلم أني أنا صاحب البضائع التي ذكرتها وأنا السندباد البحري الذي نزلت من المركب في الجزيرة مع جملة من نزل من التجار، ولما تحركت السمكة التي كنا عليها وصحت أنت علينا، طلع من طلع وغرق الباقي وكنت أنا من جملة من غرق. ولكن الله تعالى سلمني ونجاني من الغرق بقطعة كبيرة من القطع التي كان الركاب يغسلون فيها. فركبتها وصرت أرفس برجلي وساعدني الريح والموج إلى أن وصلت إلى هذه الجزيرة فطلعت فيها، وأعانني الله تعالى بسياس الملك المهرجان، فأخبرته بقصتي فأنعم علي وجعلني كاتبًا على ميناء هذه المدينة. فصرت أنتفع بخدمته وصار لي عنده قبول وهذه البضائع التي معك بضائعي، ورزقي..

قال الريس:

- لا حول ولا قوة إلا بالله العلي العظيم. ما بقي لأحد أمانة ولا ذمة..

فقلت له:

- يا ريس، ما سبب ذلك وأنك سمعتني أخبرتك بقصتي.

فقال الريس:

- لأنك سمعتني أقول أن معي بضائع صاحبها غرق، فتريد أن تأخذها بلا حق. وهذا حرام عليك، فإننا رأيناه لما غرق وكان معه جماعة من الركاب كثيرون، وما نجا منهم أحد. فكيف تدعي أنك أنت صاحب البضائع؟

فقلت له:

- يا ريس، اسمع قصتي وافهم كلامي يظهر لك صدقي، فإن الكذب سيمة المنافقين.

ثم إني حكيت للريس جميع ما كان مني من حين خرجت معه من مدينة بغداد إلى أن وصلنا تلك الجزيرة التي غرقنا فيها، وأخبرته ببعض أحوال جرت بيني وبينه. فعند ذلك تحقق الريس والتجار من صدقي فعرفوني وهنأوني بالسلامة.

وقالوا جميعًا:

- والله ما كنا نصدق بأنك نجوت من الغرق، ولكن رزقك الله عمرًا جديدًا..

ثم إنهم أعطوني البضائع، فوجدت اسمي مكتوبًا عليها ولم ينقص منها شيء، ففتحتها وأخرجت منها شيئًا نفيسًا غالي الثمن، وحمله معي رجال المركب، وطلعت به إلى الملك على سبيل الهدية. وأعلمت الملك بأن هذا المركب الذي كنت فيه وأخبرته أن بضائعي وصلت إلي بالتمام والكمال وأن هذه الهدية منها.

فتعجب الملك من ذلك الأمر غاية العجب، وظهر له صدقي في جميع ما قلته وقد أحبني محبة شديدة وأكرمني إكرامًا زائدًا، ووهب لي شيئًا كثيرًا في نظير هديتي. ثم بعت حمولتي وما كان معي من البضائع وكسبت فيها شيئًا كثيرًا. واشتريت بضاعةً ومتاعًا من تلك المدينة.

ولما أراد تجار المركب السفر، شحنت جميع ما كان معي في المركب ودخلت عند الملك وشكرته على فضله وإحسانه، ثم استأذنته في السفر إلى بلادي وأهلي فودعني وأعطاني شيئًا كثيرًا عند سفري من متاع تلك المدينة. فودعته ونزلت المركب وسافرنا بإذن الله تعالى، وخدمنا السعد وساعدتنا المقادير ولم نزل مسافرين ليلًا ونهارًا إلى أن وصلنا بالسلامة إلى مدينة البصرة وطلعنا إليها وأقمنا فيها زمنًا قليلًا. وقد فرحت بسلامتي وعودتي إلى بلادي.

وبعد ذلك، توجهت إلى مدينة بغداد دار السلام، ومعي الحمول والمتاع والأسباب شيء كثير له قيمة عظيمة. ثم جئت إلى حارتي ودخلت بيتي وقد جاء جميع أهلي وأصحابي ثم إني اشتريت لي خدمًا وحشمًا ومماليك

وسراري وعبيدًا، حتى صار عندي شيء كثير، واشتريت لي دورًا وأماكن وعقارًا أكثر من الأول. ثم إني عاشرت الأصحاب ورافقت الخلان وصرت أكثر مما كنت عليه في الزمن الأول ونسيت جميع ما كنت قاسيت من التعب والغربة والمشقة وأهوال السفر. واشتغلت باللذات والمسرات والمآكل الطيبة والمشارب النفيسة، ولم أزل على هذه الحالة. وهذا ما كان في أول سفراتي، وفي غد إن شاء الله تعالى، أحكي لكم الثانية من السبع سفرات.

ثم إن السندباد البحري عشى السندباد البري عنده، وأمر له بمائة مثقال ذهبًا وقال له آنستنا في هذا النهار، فشكره الحمال وأخذ معه ما وهبه له، وانصرف إلى حال سبيله، وهو متفكر فيما يقع وما يجري للناس ويتعجب غاية العجب ونام تلك الليلة في منزله.

الرحلة الثانية

ولما أصبح الصباح، جاء إلى بيت السندباد البحري، ودخل عنده، فرحب به وأكرمه وأجلسه عنده. ولما حضر بقية أصحابه، قدم لهم الطعام والشراب، وقد صفا لهم الوقت وحصل لهم الطرب، فبدأ السندباد البحري بالكلام وقال:

ـ اعلموا يا إخواني أنني كنت في ألذ عيش وأصفى سرور على ما تقدم ذكره لكم بالأمس. إلى أن خطر ببالي يومًا من الأيام السفر إلى بلاد الناس. واشتاقت نفسي إلى التجارة والتفرج في البلدان والجزر واكتساب المعاش. فهممت في ذلك الأمر وأخرجت من مالي شيئًا كثيرًا، اشتريت به بضائع وأسبابًا تصلح للسفر وحزمتها، وجئت إلى الساحل، فوجدت مركبًا مليحًا جديدًا، وله قلع قماش مليح وهو كثير الرجال زائد العدة. وأنزلت حمولتي فيه أنا وجماعة من التجار وقد سافرنا في ذلك النهار وطاب لنا السفر، ولم نزل من بحر إلى بحر ومن جزيرة إلى جزيرة، وكل محل رسونا عليه نقابل التجار وأرباب الدولة والبائعين والمشترين، ونبيع ونشتري ونقايض بالبضائع فيه.

ولم نزل على هذه الحالة إلى أن ألقتنا المقادير على جزيرة كثيرة الأشجار يانعة الأثمار فائحة الأزهار مترنمة الأطيار صافية الأنهار. ولكن ليس بها ديار ولا نافخ نار. فأرسى بنا الريس على تلك الجزيرة، وقد طلع التجار والركاب إلى تلك الجزيرة، يتفرجون على ما بها من الأشجار والأطيار، ويسبحون الله الواحد القهار ويتعجبون من قدرة الملك الجبار فعند ذلك طلعت إلى الجزيرة مع جملة من طلع وجلست على عين ماء صاف بين الأشجار. وكان معي شيء من المأكل، فجلست في هذا المكان آكل ما قسم الله تعالى لي وقد طاب النسيم بذلك المكان وصفا لي الوقت، فأخذتني سنة من النوم. فارتحت في ذلك المكان وقد استغرقت في النوم وتلذذت بذلك النسيم الطيب والروائح الزكية، ثم إني قمت فلم أجد أحدًا لا من التجار ولا من البحرية فتركوني في الجزيرة. وقد التفت فيها يمينًا وشمالًا فلم أجد بها أحد غيري، فحصل عندي قهر شديد. ما عليه من مزيد وكادت مرارتي تنفقع من شدة ما أنا فيه من الغم والحزن

والتعب ولم يكن معي شيء من حطام الدنيا، ولا من المأكل ولا من المشرب وصرت وحيدًا، وقد تعبت في نفسي ويئست من الحياة. وبعد ذلك، قمت على حيلي، وتمشيت في الجزيرة يمينًا وشمالًا وصرت لا أستطيع الجلوس في محل واحد. ثم إني صعدت على شجرة عالية وصرت أنظر من فوقها يمينًا وشمالًا، فلم أر غير سماء وماء وأشجار وأطيار وجزر ورمال ثم حققت النظر، فلاح لي في الجزيرة شيء أبيض عظيم الخلقة فنزلت من فوق الشجرة وقصدته. وصرت أمشي إلى ناحيته، ولم أزل سائرًا إلى أن وصلت إليه، وإذا به قبة كبيرة بيضاء شاهقة في العلو كبيرة الدائرة. فدنوت منها ودرت حولها، فلم أجد لها بابًا ولم أجد لي قوة ولا حركة في الصعود عليها من شدة النعومة. فعلمت مكان وقوفي ودرت حول القبة أقيس دائرتها فإذا هي خمسون خطوة وافية، فصرت متفكرًا في الحيلة الموصلة إلى دخولها، وقد قرب زوال النهار وغروب الشمس. وإذا بالشمس قد خفيت والجو قد أظلم واحتجبت الشمس عني، ظننت أنه جاء على الشمس غمامة. وكان ذلك في زمن الصيف فتعجبت ورفعت رأسي وتأملت في ذلك فرأيت طيرًا عظيم الخلقة كبير الجثة عريض الأجنحة طائرًا في الجو وهو الذي غطى عين الشمس وحجبها عن الجزيرة فازددت من ذلك عجبًا ثم إني تذكرت حكاية أخبرني بها قديمًا أهل السياحة والمسافرون، وهي أن في بعض الجزائر طيرًا عظيمًا يقال له الرخ يزق أولاده بالأفيال. فتحققت أن القبة التي رأيتها إنما هي بيضة من بيض الرخ. ثم إني تعجبت من خلق الله تعالى فبينما أنا على هذه الحالة، وإذا بذلك الطير نزل على تلك القبة وحضنها بجناحيه وقد مد رجليه من خلفه على الأرض، ونام عليها. فسبحان من لا ينام، فعند ذلك فككت عمامتي من فوق رأسي، وثنيتها وفتلتها حتى صارت مثل الحبل، وتحزمت بها وشددت وسطي، وربطت نفسي في رجل ذلك الطير وشددتها شدًا وثيقًا. وقلت في نفسي لعل هذا يوصلني إلى بلاد المدن والعمار ويكون ذلك أحسن من جلوسي في هذه الجزيرة. وبت تلك الليلة ساهرًا خوفًا من أن أنام فيطير بي على حين غفلة.

فلما طلع الفجر وبان الصباح قام الطائر من على بيضته وصاح صيحة عظيمة وارتفع بي إلى الجو حتى ظننت أنه وصل إلى عنان السماء. وبعد ذلك تنازل بي حتى نزل إلى الأرض وحط على مكان مرتفع عال، فلما وصلت إلى الأرض أسرعت وفككت الرباط من رجليه وأنا أنتفض. مشيت في ذلك المكان. ثم إنه أخذ شيئًا من على وجه الأرض في مخالبه وطار إلى عنان السماء فتأملته فإذا هو حية عظيمة الخلقة كبيرة الجسم قد أخذها وذهب بها إلى البحر. فتعجبت من ذلك، ثم إني تمشيت في ذلك المكان، فوجدت نفسي في مكان عال وتحته واد كبير واسع عميق، وبجانبه جبل عظيم شاهق في العلو لا يقدر أحد أن يرى أعلاه من فرط علوه، وليس لأحد قدرة على الطلوع فوقه.. فلمت نفسي على ما فعلته وقلت يا ليتني مكثت في الجزيرة، فإنها أحسن من هذا المكان القفر، لأن الجزيرة كان يوجد فيها شيء آكله من أصناف الفواكه وأشرب من أنهارها وهذا المكان ليس فيه أشجار ولا أثمار ولا أنهار، فلا حول ولا قوة إلا بالله العلي العظيم. أنا كل ما أخلص من مصيبة أقع فيما هو أعظم منها وأشد.

ثم إني قمت، وقويت نفسي ومشيت في ذلك الوادي، فرأيت أرضه من حجر الألماس الذي يثقبون به المعادن والجواهر ويثقبون به الصيني والجزع منه شيئًا، ولا أن يكسره إلا حجر الرصاص. وكل ذلك الوادي حيات وأفاع، وكل واحدة مثل النخلة ومن أعظم خلقتها لو جاءها فيل لابتلعته، وتلك الحيات يظهرن في الليل ويختفين في النهار خوفًا من طير الرخ والنسر أن يختطفها ويقطعها ولا أدري ما سبب ذلك.

فأقمت بذلك الوادي وأنا متندم على ما فعلته، وقلت في نفسي والله إني قد عجلت بالهلاك على نفسي. وقد ولى النهار علي فصرت أمشي في ذلك الوادي، والتفت على محل أبيت فيه، وأنا خائف من تلك الحيات. ونسيت أكلي وشربي ومعاشي واشتغلت بنفسي، فلاحت لي مغارة بالقرب مني، فمشيت. فوجدت بابها ضيقًا فدخلتها ونظرت إلى حجر كبير عند بابها، فدفعته وسددت به باب تلك المغارة وأنا داخلها، وقلت

في نفسي قد أمنت لما دخلت في هذا المكان، وإن طلع النهار أطلع وأنظر ما تفعل القدرة.

ثم التفت في داخل المغارة، فرأيت حية عظيمة نائمة في صدر المغارة على بيضها، فاقشعر بدني، وأقمت رأسي وسلمت أمري للقضاء والقدر، وبت ساهرًا طوال الليل إلى أن طلع الفجر ولاح، فأزحت الحجر الذي سددت به باب المغارة، وخرجت منه وأنا مثل السكران دائخ من شدة السهر والجوع والخوف. ثم تمشيت في الوادي. وبينما أنا على هذه الحالة، وإذا بذبيحة قد سقطت من قدامي، ولم أجد أحدًا فتعجبت من ذلك أشد العجب. وتذكرت حكاية أسمعها من قديم الزمان من بعض التجار والمسافرين وأهل السياحة أن في جبال حجر الألماس الأهوال العظيمة، ولا يقدر أحد أن يسلك إليه. ولكن التجار الذين يجلبونه يعملون حيلة في الوصول إليه ويأخذون الشاة من الغنم، ويذبحونها ويسلخونها ويرشون لحمها ويرمونه من أعلى ذلك الجبل إلى أرض الوادي. فتنزل وهي طرية، فيلتصق بها شيء من هذه الحجارة، ثم يتركها التجار إلى نصف النهار فتنزل الطيور من النسور والريخ إلى ذلك اللحم، وتأخذه في مخالبها وتصعد إلى أعلى الجبل، فيأتيها التجار ويصيحون عليها، فتترك الطير ذلك اللحم. فيأتيه التجار ويخلصون منه الحجارة اللاصقة به، ويتركون اللحم للطيور والوحوش ويحملون الحجارة إلى بلادهم. ولا أحد يقدر أن يحصل على حجر الألماس إلا بهذه الحيلة.

فلما نظرت إلى تلك الذبيحة، تذكرت هذه الحكاية. قمت وجئت عند الذبيحة فنقيت من هذه الحجارة شيئًا كثيرًا وأدخلته في جيبي وبين ثيابي وصرت أنقي وأدخل في جيوبي وحزامي وعمامتي وبين حوائجي. فبينما أنا على هذه الحالة، وإذا طائر كبير يقترب، فربطت نفسي عليها ونمت على ظهري وجعلتها على صدري وأنا قابض عليها، فصارت عالية على الأرض. وإذا بنسر نزل على تلك الذبيحة وقبض عليها بمخالبه وأقلع بها إلى الجو وأنا معلق بها، ولم يزل طائرًا بها إلى أن صعد بها إلى أعلى الجبل، وحطها وأراد أن ينهش منها، وإذا بصيحة عظيمة عالية من خلف ذلك النسر وشيء يخبط بالخشب على ذلك الجبل.

فجفل النسر وطار إلى الجو، ففككت نفسي من الذبيحة وقد تلوثت ثيابي من دمها، ووقفت بجانبها، وإذا بذلك التاجر الذي صاح على النسر تقدم إلى الذبيحة، فرآني واقفًا فلم يكلمني، وقد فزع مني وارتعب، وأتى الذبيحة وقلبها فلم يجد فيها شيئًا فصاح صيحة عظيمة وقال:

- واخيبتاه، لا حول ولا قوة إلا بالله، نعوذ بالله من الشيطان الرجيم.

وهو يتندم ويخبط كفًا على كف ويقول:

- واحسرتاه أي شيء هذا الحال..

فتقدمت إليه فقال لي:

- من أنت؟ وما سبب مجيئك إلى هذا المكان؟

فقلت له:

- لا تخف ولا تخش، فإني إنسي من خيار الإنس، وكنت تاجرًا ولي حكاية عظيمة وقصة غريبة، وسبب وصولي إلى هذا الجبل وهذا الوادي حكاية عجيبة فلا تخف فلك ما يسرك مني، وأنا معي شيء كثير من حجر الألماس فأعطيك منه شيئًا يكفيك، وكل قطعة معي أحسن من كل شيء يأتيك فلا تجزع ولا تخف.

فعند ذلك، شكرني الرجل ودعا لي وتحدث معي. وإذا بالتجار سمعوا كلامي مع رفيقهم فجاؤوا إلي، وكان كل تاجر رمى ذبيحته فلما قدموا علينا سلموا علينا وهنأوني بالسلامة، وأخذوني معهم، وأعلمتهم بجميع قصتي وما قاسيته في سفرتي وأخبرتهم بسبب وصولي إلى هذا الوادي. ثم إني أعطيت لصاحب الذبيحة التي تعلقت فيها شيئًا كثيرًا مما كان معي، ففرح بي جدًا، وقال:

- اعلم أنه ما أحد وصل إلى هذا المكان قبلك ونجا منه، ولكن الحمد لله على بسلامتك ونجاتك من وادي الحيات ووصولك إلى بلاد العمار.

ولما طلع النهار، قمنا وسرنا على ذلك الجبل العظيم، وصرنا ننظر في ذلك الجبل حيات كثيرة، ولم نزل سائرين إلى أن أتينا بستانًا في جزيرة عظيمة مليحة وفيها شجر الكافور وكل شجرة منها يستظل تحتها إنسان. وإذا أراد أن يأخذ منه أحد، يثقب من أعلى الشجرة ثقبًا بشيء طويل ويتلقى ما ينزل منه فيسيل منه ماء الكافور، ويعقد مثل الشمع وهو عسل ذلك الشجر. وبعد ذلك تيبس الشجرة وتصير حطبًا.

وفي تلك الجزيرة صنف من الوحوش يقال له الكركدن، يرعى فيها رعيًا مثل ما يرعى البقر والجاموس في بلادنا، ولكن جسم ذلك الوحش أكبر من جسم الجمل، ويأكل العلق وهو دابة عظيمة لها قرن واحد غليظ في وسط رأسها طوله قدر عشرة أذرع. وفي تلك الجزيرة شيء من صنف البقر.

وقد قال لنا البحريون المسافرون وأهل السياحة في الجبال والأراضي أن هذا الوحش المسمى بالكركدن يحمل الفيل الكبير على قرنه ويرعى به في الجزيرة والسواحل، ولا يشعر به ويموت الفيل على قرنه، ويسيح دهنه من حر الشمس على رأسه، ويدخل في عينيه، فيعمى. فيرقد في جانب السواحل، فيجيء له طير الرخ، فيحمله في مخالبه ويروح به عند أولاده ويزقهم به وبما على قرنه.. وقد رأيت في تلك الجزيرة شيئًا كثيرًا من صنف الجاموس ليس له عندنا نظير. وفي ذلك الوادي شيء كثير من حجر ألماس الذي حملته معي وخبأته في جيبي. وقد وقايضوني عليه ببضائع ومتاع من عندهم، وحملوها لي وأعطوني دراهم ودنانير ولم أزل سائرًا معهم، وأنا أتفرج على بلاد الناس وعلى ما خلق الله من واد إلى واد، ومن مدينة إلى مدينة، ونحن نبيع ونشتري إلى أن وصلنا إلى مدينة البصرة، وأقمنا بها أيامًا قلائل ثم جئت إلى مدينة بغداد.

وجئت إلى حارتي ودخلت داري ومعي من صنف حجر الألماس شيء كثير. ومعي مال ومتاع وبضائع لها صورة، وقد اجتمعت بأهلي وأقاربي، ثم تصدقت ووهبت وأعطيت وهاديت. جميعت أهلي وأصحابي وصرت آكل طيبًا وأشرب طيبًا، وألبس ملبسًا طيبًا، وأعاشر وأرافق. ونسيت جميع ما قاسيته. ولم أزل في عيش هني وصفاء خاطر

وانشراح صدر ولعب وطرب. وصار كل من سمع بقدومي، يجيء إلي ويسألني عن حال السفر وأحوال البلاد، فأخبره وأحكي له ما لقيته وما قاسيته، فيتعجب من شدة ما قاسيته ويهنأني بالسلامة. وهذا آخر ما جرى لي وما اتفق لي في السفرة الثانية. ثم قال لهم وفي الغد إن شاء الله تعالى أحكي لكم حال السفرة الثالثة.

فلما فرغ السندباد البحري من حكايته للسندباد البري، تعجب الحضور من ذلك، وأمر للسندباد بمائة مثقال ذهبًا، فأخذها وتوجه إلى حال سبيله وهو يتعجب مما قاساه السندباد البحري. وشكره ودعا له في بيته.

الرحلة الثالثة

ولما أصبح الصباح وأضاء بنوره ولاح، قام السندباد البري كما أمره السندباد البحري، ودخل إليه وصبح عليه فرحب به وجلس معه حتى أتاه باقي أصحابه وجماعته فأكلوا وشربوا وتلذذوا وطربوا وانشرحوا. ثم ابتدأ السندباد البحري بالكلام وقال:

- الحكاية الثالثة هي السفرة العجيبة. اعلموا يا إخواني واسمعوا مني حكاية فإنها أعجب من الحكايات المتقدمة قبل تاريخه، والله أعلم بغيبة واحكم أني فيما مضى وتقدم. فإني لما جئت من السفرة الثانية وأنا في غاية السعادة والانشراح فرحان بالسلامة وقد كسبت مالًا كثيرًا كما حكيت لكم أمس، وقد عوض الله علي ما راح مني. فأقمت بمدينة بغداد مدة من الزمان، وأنا في غاية الحظ والصفاء والبسط والانشراح، فاشتاقت نفسي إلى السفر والفرجة، وتشوقت إلى المتجر والكسب والفوائد والنفس أمارة بالسوء، فهممت واشتريت شيئًا كثيرًا من البضائع المناسبة لسفر البحر وحزمتها للسفر وسافرت بها من مدينة بغداد إلى مدينة البصرة. وجئت إلى ساحل البحر، فرأيت مركبًا عظيمًا، وفيه تجار وركاب كثيرة أهل خير وناس ملاح طيبون أهل دين ومعروف وصلاح، فنزلت معهم في ذلك المركب، وسافرنا على بركة الله تعالى بعونه وتوفيقه وقد استبشرنا بالخير والسلامة.

ولم نزل سائرين من بحر إلى بحر ومن جزيرة إلى جزيرة ومن مدينة إلى مدينة وفي كل مكان مررنا عليه نتفرج ونبيع ونشتري، ونحن في غاية الفرح والسرور. إلى أن كنا يومًا من الأيام سائرين في وسط البحر العجاج المتلاطم بالأمواج، فإذا بالريس وهو جانب المركب ينظر إلى نواحي البحر، ثم إنه لطم وجهه وطوى قلوع المركب ورمى مراسيه، ونتف لحيته ومزق ثيابه، وصاح صيحة عظيمة. فقلنا له:

- يا ريس، ما الخبر؟

فقال:

ـ اعلموا يا ركاب السلامة أن الريح غلب علينا وعصف بنا في وسط البحر ورمتنا المقادير لسوء بختنا إلى جبل القرود. وما وصل إلى هذا المكان أحد، ويسلم منه قط. وقد أحس قلبي بهلاكنا أجمعين.

فما استتم قول الريس، حتى جاءنا القرود، وأحاطوا المركب من كل جانب، وهم شيء كثير مثل الجراد المنتشر في المركب وعلى البر. فخفنا إن قتلنا منهم أحدًا، أو طردناه أن يقتلونا لفرط كثرتهم. والكثرة تغلب الشجاعة. وبقينا خائفين منهم أن ينهبوا رزقنا ومتاعنا، وهم أقبح الوحوش وعليهم شعور مثل لبد الأسود، ورؤيتهم تفزع، ولا يفهم لهم أحد كلامًا ولا خبرًا. وهم مستوحشون من الناس، صفر العيون، وسود الوجوه، صغار الخلقة، طول كل واحد منهم أربعة أشبار، وقد طلعوا على حبال المرساة وقطعوها بأسنانهم وقطعوا جميع حبال المركب من كل جانب، فمال المركب من الريح ورسى على جبلهم. وصار المركب في برهم وقبضوا على جميع التجار والركاب وطلعوا إلى الجزيرة، ثم أنزلونا من المركب على شاطئ الجزيرة وأقلعوا به إلى مكان نجهله وتركونا حيارى لا ندري كيف نعمل.

فسرنا في الجزيرة كاسفي البال لا أمل لنا في النجاة والخلاص من هذا الأسر. فبينما نحن في تلك الجزيرة نأكل من أثمارها وبقولها وفواكهها ونشرب من الأنهار التي فيها، إذ لاح لنا بيت عامر في وسط تلك الجزيرة فقصدناه ومشينا إليه، فإذا هو قصر مشيد الأركان عالي الأسوار، له باب بدرفتين مفتوح وهو من خشب الأبانوس فدخلنا باب ذلك القصر، فوجدنا له حظيرًا واسعًا مثل الحوش الواسع الكبير، وفي دائره أبواب كثيرة. وفي صدره مصطبة عالية كبيرة وفيها أواني طبيخ معلقة على الكوانين، وحواليها عظام كثيرة. ولم نر فيها أحد، فتعجبنا من ذلك غاية العجب، وجلسنا في حضير ذلك القصر. قليلًا ثم بعد ذلك نمنا ولم نزل نائمين من ضحوة النهار إلى غروب الشمس، وإذ بالأرض قد ارتجت من تحتنا وسمعنا دويًا من الجو، وقد نزل علينا من أعلى القصر شخص عظيم الخلقة في صفة إنسان، وهو أسود اللون طويل القامة كأنه نخلة عظيمة، وله عينان كأنهما شعلتان من نار، وله أنياب مثل أنياب

الخنازير، وله فم عظيم الخلقة مثل البئر، وله مشافر مثل مشافر الجمل مرخية على صدره، وله أذنان مثل الحرامين مرخيتان على أكتافه. وأظافر يديه مثل مخالب السبع. فلما نظرناه على هذه الحالة، غبنا عن وجودنا وقوي خوفنا واشتد فزعنا وصرنا مثل الموتى من شدة الخوف والجزع والفزع. فلما نزل على الأرض جلس قليلًا على المصطبة، ثم إنه قام وجاء عندنا، ثم قبض على يدي من بين أصحابي التجار، ورفعني بيده عن الأرض وحبسني وقلبني فصرت في يده مثل اللقمة الصغيرة. وصار يحبسني مثل ما يحبس الجزار ذبيحة الغنم، فوجدني ضعيفًا من كثرة القهر، هزيلًا من كثرة التعب والسفر، وليس في شيء من اللحم فأطلقني من يده، وأخذ واحدًا غيري من رفاقي وقلبه كما قلبني وحبسه كما حبسني وأطلقه. ولم يزل يحبسنا ويقلبنا واحدًا بعد واحد إلى أن وصل إلى ريس المركب الذي كنا فيه، وكان رجلًا سمينًا غليظًا عريض الأكتاف صاحب قوة وشدة فأعجبه، وقبض عليه مثل ما يقبض الجزار على ذبيحته، ورماه على الأرض ووضع رجله على رقبته، وجاء بسيخ طويل فأدخله في حلقه حتى أخرجه من دبره، وأوقد نارًا شديدة وركب عليها ذلك السيخ المشكوك فيه الريس، ولم يزل يقلبه على الجمر حتى استوى لحمه وأطلعه من النار وحطه أمامه وفسخه كما يفسخ الرجل الفرخة. وصار يقطع لحمه بأظافره ويأكل منه، ولم يزل على هذه الحالة حتى أكل لحمه ونهش عظمه. ولم يبق منه شيئًا، ورمى باقي العظام في جنب القصر.

ثم إنه جلس قليلًا وانطرح ونام على تلك المصطبة وصار يشخر مثل شخير الخروف أو البهيمة المذبوحة ولم يزل نائمًا إلى الصباح.. ثم قام وخرج إلى حال سبيله. فلما تحققنا من بعده، تحدثنا مع بعضنا، وبكينا على أرواحنا، وقلنا ليتنا غرقنا في البحر، أو أكلتنا القرود خير من شوي الإنسان على الجمر. والله إن هذا الموت رديء، ولكن ما شاء الله كان، ولا حول ولا قوة إلا بالله العلي العظيم لقد متنا كمدًا، ولم يدر بنا أحدًا. وما بقي لنا نجاة من هذا المكان.

ثم إننا قمنا وخرجنا إلى الجزيرة لننظر لنا مكان نختفي فيه أو نهرب وقد هان علينا أن نموت ولا يشوى لحمنا بالنار، فلم نجد مكان نختفي فيه وقد أدركنا المساء فعدنا إلى القصر من شدة خوفنا وجلسنا قليلًا وإذا بالأرض قد ارتجفت من تحتنا، وأقبل ذلك الشخص الأسود وجاء عندنا وصار يقلبنا واحدًا بعد الآخر مثل المرة الأولى ويحبسنا حتى أعجبه واحد، فقبض عليه وفعل به مثل ما فعل بالريس في أول يوم، فشواه وأكله على تلك المصطبة، ولم يزل نائمًا في تلك الليلة وهو يشخر مثل الذبيحة. فلما طلع النهار قام وراح إلى حال سبيله، وتركنا على جري عادته.. فاجتمعنا وتحدثنا، وقلنا لبعضنا والله لأن نلقي أنفسنا في البحر ونموت غرقًا خير من أن نموت حرقًا، لأن هذه قتلة شنيعة. فقال واحد منا:

- اسمعوا كلامي أننا نحتال عليه ونرتاح من همه ونريح المسلمين من عدوانه وظلمه.

فقلت لهم:

- اسمعوا يا إخواني إن كان لابد من قتله فإننا نحول هذا الخشب وننقل شيئًا من هذا الحطب ونعمل لنا فلكًا مثل المركب وبعد ذلك نحتال في قتله وننزل في الفلك، ونروح في البحر إلى أي محل يريده الله. وإننا نقعد في هذا المكان حتى يمر علينا مركب فننزل فيه، وإن لم نقدر على قتله ننزل ونروح في البحر ولو كنا نغرق نرتاح من شينا على النار ومن الذبح، وإن سلمنا سلمنا وإن غرقنا متنا شهداء.

فقالوا جميعًا:

- والله هذا رأي سديد وفعل رشيد..

واتفقنا على هذا الأمر وشرعنا في فعله، فنقلنا الأخشاب إلى خارج القصر، وصنعنا فلكًا وربطناه على جانب البحر ونزلنا فيه شيئًا من الزاد وعدنا إلى القصر.

فلما كان وقت المساء، إذا بالأرض قد ارتجفت بنا، ودخل علينا الأسود وهو كأنه الكلب العقور، ثم قلبنا وحبسنا واحدًا بعد واحد، ثم أخذ واحدًا وفعل به مثل ما فعل بسابقيه، وأكله ونام على المصطبة وصار شخيره مثل الرعد. فنهضنا وقمنا وأخذنا سيخين من حديد من الأسياخ المنصوبة ووضعناهما في النار القوية حتى احمرا، وصارا مثل الجمر.. وقبضنا عليهما قبضًا شديدًا، وجئنا بهما إلى ذلك الأسود وهو نائم يشخر ووضعناهما في عينيه واتكأنا عليهما جميعًا بقوتنا وعزمنا، فأدخلناهما في عينيه وهو نائم فانطمستا، وصاح صيحة عظيمة فارتعبت قلوبنا منه.

ثم قام من فوق تلك المصطبة بعزمه وصار يفتش علينا ونحن نهرب منه يمينًا وشمالًا فلم ينظرنا وقد عمي بصره. فخفنا منه مخافة شديدة، وأيقنا في تلك الساعة بالهلاك ويأسنا من النجاة.. فعند ذلك قصد الباب وهو يتحسس وخرج منه وهو يصيح، ونحن في غاية الرعب منه، وإذا بالأرض ترتج من تحتنا من شدة صوته.

فلما خرج من القصر وراح إلى حال سبيله، وهو يدور علينا، ثم إنه رجع ومعه أنثى أكبر وأوحش منه خلقة، فلما رأيناه والتي معه أفظع حالة منه، خفنا غاية الخوف.. فلما رأونا أسرعنا ونهضنا ففككنا الفلك الذي صنعناه ونزلنا فيه ودفعناه في البحر، وكان مع كل واحد منهم صخرة عظيمة وصارا يرجماننا بها إلى أن مات أكثرنا من الرجم، وبقي منا ثلاثة أشخاص أنا واثنان.

فأبحرنا أيامًا وليال، إلى أن أشرف الزاد على النفاد، حتى لاحت جزيرة في الأفق، ووجهتنا الريح حتى رسينا على شاطئها.. ونزلنا، ومشينا فيها إلى آخر النهار، فدخل علينا الليل ونحن على هذه الحالة، فنمنا قليلًا واستيقظنا من نومنا. وإذا بثعبان عظيم الخلقة كبير الجثة واسع الجوف قد أحاط بنا وقصد واحدًا فبلعه إلى أكتافه ثم بلع باقيه. فسمعنا أضلاعه تتكسر في بطنه وراح في حال سبيله، فتعجبنا من ذلك غاية العجب، وحزنا على رفيقنا.. وصرنا في غاية الخوف على أنفسنا وقلنا والله هذا أمر عجيب، وكل موتة أشنع من السابقة.. وكنا فرحنا بسلامتنا من الأسود فما تمت الفرحة ولا حول ولا قوة إلا بالله.. والله قد نجونا من

الأسود ومن الغرق فكيف تكون نجاتنا من هذه الآفة المشؤومة؟ ثم إننا قمنا فمشينا في الجزيرة وأكلنا من ثمرها وشربنا من أنهارها، ولم نزل فيها إلى وقت المساء فوجدنا صخرة عظيمة عالية فطلعناها، ونمنا فوقها وقد طلعت أنا على فروعها.

فلما دخل الليل، وأظلم الوقت، جاء الثعبان، وتلفت يمينًا وشمالًا ثم إنه قصد تلك الشجرة التي نحن عليها. وزحف حتى وصل إلى رفيقي وبلعه حتى أكتافه وهو يصرخ، والتف الثعبان به على الشجرة فسمعت عظامه تتكسر في بطنه، ثم بلعه بتمامه وأنا أنظر بعيني.. ثم إن الثعبان نزل من فوق الشجرة وراح إلى حال سبيله، ولم أزل على تلك الشجرة في تلك الليلة.

فلما طلع النهار وبان النور، ونزلت من فوق الشجرة وأنا مثل الميت من كثرة الخوف والفزع وأردت أن ألقي بنفسي في البحر وأستريح من الدنيا، فلم تهن علي روحي لأن الروح عزيزة، فربطت خشبة عريضة على أقدامي بالعرض وربطت واحدة مثلها على جنبي الشمال ومثلها على جنبي اليمين ومثلها على بطني، وربطت واحدة طويلة عريضة من فوق رأسي بالعرض مثل التي تحت أقدامي وصرت أنا في وسط هذا الخشب وهو محتاط بي من كل جانب وقد شددت ذلك شدًا وثيقًا. وألقيت نفسي بالجميع على الأرض، فصرت نائمًا بين تلك الأخشاب وهي محيطة بي كالمقصورة.

فلما أمسى الليل أقبل الثعبان على جري عادته، ونظر إلي وقصدني فلم يقدر أن يبلغني وأنا على تلك الحالة والأخشاب حولي من كل جانب. فدار الثعبان حولي فلم يستطع الوصول إلي وأنا أنظر بعيني وقد صرت كالميت من شدة الخوف والفزع. وصار الثعبان يبعد عني ويعود إلي، ولم يزل على هذه الحالة وكلما أراد الوصول إلي ليبتلعني تمنعه تلك الأخشاب المشدودة علي من كل جانب. ولم يزل كذلك من غروب الشمس إلى أن طلع الفجر وبان النور وأشرقت الشمس، فمضى الثعبان إلى حال سبيله وهو في غاية من القهر والغيظ.

فعند ذلك مددت يدي وفككت نفسي من تلك الأخشاب وأنا في حكم الأموات من شدة ماقاسيت من ذلك الثعبان، ثم إني قمت ومشيت في الجزيرة حتى انتهيت إلى آخرها، فلاحت مني التفاتة إلى ناحية البحر، فرأيت مركبًا على بعد في وسط اللجة، فأخذت فرعًا كبيرًا من شجرة ولوحت به إلى ناحيتهم وأنا أصيح عليهم.

فلما رأوني قالوا لابد أننا ننظر ما يكون هذا لعله إنسان، إنهم قربوا مني وسمعوا صياحي عليهم فجاءوا إلي وأخذوني معهم في المركب، وسألوني عن حالي، فأخبرتهم بجميع ما جرى لي من أوله إلى آخره، وما قاسيته من الشدائد. فتعجبوا من ذلك غاية العجب. ثم إنهم ألبسوني من عندهم ثيابًا وستروا عورتي.

وبعد ذلك قدموا لي شيئًا من الزاد حتى اكتفيت، وسقوني ماء باردًا عذبًا، فانتعش قلبي وارتاحت نفسي، وحصلت لي راحة عظيمة، وأحياني الله تعالى بعد موتي، فحمدت الله تعالى على نعمه الوافرة، وشكرته. وقويت همتي بعدما كنت أيقنت بالهلاك حتى تخيل لي أن جميع ما أنا فيه منام. ولم نزل سائرين وقد طاب لنا الريح بإذن الله تعالى إلى أن أشرفنا على جزيرة يقال لها جزيرة السلاهطة، فأوقف الريس المركب عليها، ونزل منه جميع التجار فالتفت إلي صاحب المركب، وقال لي:

ـ اسمع كلامي أنت رجل غريب فقير، وقد أخبرتنا أنك قاسيت أهوالًا كثيرة، ومرادي أنفعك بشيء يعينك على الوصول إلى بلادك وتبقى تدعو لي.

فقلت له:

ـ نعم ولك مني خير الدعاء.

فقال:

ـ اعلم أنه كان معنا رجل مسافر فقدناه ولم نعلم هل حي أم ميت ولم نسمع عنه خبرًا، ومرادي أن أدفع لك حمولة لتبيعها في هذه الجزيرة، وتحفظها وأعطيك شيئًا في نظير تعبك وخدمتك، وما بقي منها نأخذه

إلى أن تعود إلى مدينة بغداد، فنسأل عن أهله وندفع إليهم بقيتها وثمن ما بيع منها. فهل لك أن تتسلمها وتنزل بها هذه الجزيرة فتبيعها مثل التجار؟

فقلت:

- سمعًا وطاعة لك يا سيدي ولك الفضل والجميل..

ودعوت له وشكرته على ذلك فعند ذلك أمر الحمالين والبحرية بإخراج تلك البضائع إلى الجزيرة، وأن يسلموها إلي.

فقال كاتب المركب:

- يا ريس ما هذه الحمول التي أخرجها البحرية، والحمالون؟ واكتبها باسم مَن مِن التجار؟

فقال:

- اكتب عليها اسم السندباد البحري، الذي كان معنا وغرق في الجزيرة، ولم يأتنا عنه خبر، فنريد أن يبيعها هذا الغريب، ونحمل ثمنها ونعطيه شيئًا منه نظير تعبه وبيعه، والباقي نحمله معنا حتى نرجع إلى مدينة بغداد، فإن وجدناه أعطيناه إياه وإن لم نجده ندفعه إلى أهله في مدينة بغداد.

فقال الكاتب:

- كلامك مليح ورأيك رجيح.

فلما سمعت كلام الريس وهو يذكر أن الحمول باسمي، قلت في نفسي والله أنا السندباد البحري وأنا غرقت في الجزيرة مع جملة من غرق.. ثم إني تجلدت وصبرت إلى أن طلع التجار من المركب واجتمعوا يتحدثون ويتذاكرون في أمور البيع والشراء، فتقدمت إلى صاحب المركب وقلت له:

- يا سيدي، هل تعرف كيف كان صاحب الحمول التي سلمتها إلي لأبيعها؟

فقال لي:

- لا أعلم له حالًا، ولكنه كان رجلًا من مدينة بغداد يقال له السندباد البحري، وقد أرسينا على جزيرة من الجزائر، فغرق منا فيها خلق كثير، وفقد بجملتهم. ولم نعلم له خبرًا إلى هذا الوقت.

فعند ذلك صرخت صرخة عظيمة وقلت له:

- يا ريس السلامة، اعلم أني أنا السندباد البحري لم أغرق، ولكن لما أرسيت على الجزيرة وطلع التجار والركاب طلعت أنا مع جملة الناس ومعي شيء آكله بجانب الجزيرة، ثم إني تلذذت بالجلوس في ذلك المكان، فأخذتني سنة من النوم، فنمت وغرقت في النوم، ثم إني قمت فلم أجد المركب، ولم أجد أحدًا عندي وهذا المال مالي وهذه البضائع بضائعي، وجميع التجار الذين يجلبون حجر الألماس رأوني وأنا في جبل الألماس، ويشهدون لي بأني أنا السندباد البحري كما أخبرتهم بقصتي وما جرى لي معكم في المركب، وأخبرتهم بأنكم نسيتموني في الجزيرة نائمًا وقمت فلم أجد أحدًا وجرى لي ما جرى.

فلما سمع التجار والركاب كلامي اجتمعوا علي، فمنهم من صدقني ومنهم من كذبني. فبينما نحن كذلك، وإذا بتاجر من التجار حين سمعني أذكر وادي الألماس، نهض وتقدم عندي وقال لهم:

- اسمعوا يا جماعة كلامي، إني لما كنت ذكرت لكم أعجب ما رأيت في أسفاري لما ألقينا الذبائح في وادي الألماس، وألقيت ذبيحتي معهم على جري عادتي، طلع على ذبيحتي رجل متعلق بها ولم تصدقوني بل كذبتموني.

فقالوا له:

- نعم حكيت لنا على هذا الأمر ولم نصدقك..

فقال لهم التاجر:

- هذا الذي تعلق في ذبيحتي وقد أعطاني شيء من حجر الألماس الغالي الثمن الذي لا يوجد نظيره، وعوضني أكثر ما كان يطلع لي في ذبيحتي، وقد استصحبه معي إلى أن وصلنا إلى مدينة البصرة، وبعد ذلك توجه إلى بلاده وودعنا ورجعنا إلى بلادنا وهو هذا، وأعلمنا أن اسمه السندباد البحري، وقد أخبرنا بذهاب المركب وجلوسه في هذه الجزيرة، واعلموا أن هذا الرجل ما جاءنا هنا إلا لتصدقوا كلامي مما قلته لكم وهذه البضائع كلها رزقه، فإنه أخبر بها في وقت اجتماعه علينا وقد ظهر صدقه في قوله.

فلما سمع الريس كلام ذلك التاجر، قام وجاء عندي وحقق في النظر ساعة، وقال:

- ما علامة بضائعك؟

فقلت له:

- اعلم أن علامة بضائعي ما هو كذا وكذا..

فعانقني وسلم علي وهنأني بالسلامة وقال لي:

- يا سيدي، إن قصتك عجيبة وأمرك غريب، ولكن الحمد لله الذي جمع بيننا وبينك ورد بضائعك ومالك عليك.

فعند ذلك، تصرفت في بضائعي بمعرفتي، وربحت بضائعي في تلك السفرة شيئًا كثيرًا وفرحت بذلك فرحًا عظيمًا، وهنأت بالسلامة وعاد مالي إلي، ولم نزل نبيع ونشتري في الجزائر، إلى أن وصلنا إلى بلادنا، وبعنا فيها واشترينا ورأيت في ذلك البحر شيئًا كثيرًا من العجائب والغرائب لا تعد ولا تحصى. ومن جملة ما رأيت في ذلك البحر، سمكة على صفة البقرة وشيئًا على صفة الحمير ورأيت طيرًا يخرج من صدف البحر. ويبيض ويفرخ على وجه الماء ولا يطلع من البحر على وجه الأرض أبدًا.

وبعد ذلك لم نزل مسافرين بإذن الله تعالى وقد طاب لنا الريح والسفر إلى أن وصلنا إلى البصرة، وقد أقمت فيها أيامًا قلائل، وبعد ذلك جئت إلى مدينة بغداد. فتوجهت إلى حارتي ودخلت بيتي، وسلمت على أهلي وأصحابي وأصدقائي، وقد فرحت بسلامتي وعودتي إلى بلادي وأهلي ومدينتي ودياري. وتصدقت ووهبت وكسوت الأرامل والأيتام. وجمعت أصحابي وأحبابي، ولم أزل على هذه الحالة في أكل وشرب ولهو. وأنا آكل وأشرب طيبًا وأعاشر وأخالط. وقد نسيت جميع ما جرى لي وما قاسيت من الشدائد والأهوال، وكسبت شيئًا في هذه السفرة لا يعد ولا يحصى. وهذا أعجب ما رأيت في هذه السفرة وفي غد إن شاء الله تعالى تجيء إلي وأحكي لك حكاية السفرة الرابعة، فإنها أعجب من هذه السفرات.

ثم إن السندباد البحري أمر بأن يدفعوا إليه مائة مثقال من الذهب على جري عادته، وأمر بمد السماط فمدوه وتعشى الجماعة وهم يتعجبون من تلك الحكاية، وما جرى فيها ثم إنهم بعد العشاء انصرفوا إلى حال سبيلهم، وقد أخذ السندباد الحمال ما أمر له من الذهب وانصرف إلى حال سبيله وهو متعجب مما سمعه من السندباد البحري، وبات في بيته.

الرحلة الرابعة

ولما أصبح الصباح وأضاء بنوره ولاح، قام السندباد الحمال وصلى الصبح وتمشى إلى السندباد البحري، وقد دخل عليه وتلقاه بالفرح والانشراح وأجلسه عنده إلى أن حضر بقية أصحابه، وقدموا الطعام فأكلوا وشربوا وانبسطوا فبدأهم بالكلام وحكى لهم الحكاية الرابعة.

قال السندباد البحري:

- اعلموا يا إخواني أني لما عدت إلى مدينة بغداد واجتمعت على أصحابي وأحبابي وصرت في أعظم ما يكون من الهناء والسرور والراحة، وقد نسيت ما كنت فيه لكثرة الفوائد وغرقت في اللهو والطرب ومجالسة الأحباب والأصحاب، وأنا في ألذ ما يكون من العيش، فحدثتني نفسي الخبيثة بالسفر إلى بلاد الناس، وقد اشتقت إلى مصاحبة الأجناس والبيع والمكاسب. فهممت في ذلك الأمر، واشتريت بضاعة نفيسة تناسب البحر، وحزمت حمولًا كثيرة زيادة عن العادة، وسافرت من مدينة بغداد إلى مدينة البصرة، ونزلت حمولتي في المركب واصطحبت بجماعة من أكابر البصرة، وقد توجهنا إلى السفر. وسافر بنا المركب على بركة الله تعالى في البحر العجاج المتلاطم بالأمواج، وطاب لنا السفر ولم نزل على هذه الحالة مدة ليالي وأيام من جزيرة إلى جزيرة ومن بحر إلى بحر. إلى أن خرجت علينا ريح مختلفة يومًا من الأيام، فرمى الريس مراسي المركب وأوقفه في وسط البحر خوفًا عليه من الغرق.

فبينما نحن على هذه الحالة ندعو ونتضرع إلى الله تعالى، إذ خرج علينا ريح عاصف شديد مزق القلع وقطعه قطعًا وانكسر المركب، وغرق الناس وجميع حمولهم وما معهم من المتاع والأموال، وغرقت أنا من جملة من غرق. ثم عمت في البحر نصف نهار وقد تخليت عن نفسي فيسر الله تعالى لي قطعة لوح خشب من ألواح المركب، فركبتها أنا وجماعة من التجار.

واجتمعنا على بعضنا، ولم نزل راكبين على ذلك اللوح ونرفس بأرجلنا في البحر والأمواج والريح تساعدنا. فمكثنا على هذه الحالة يومًا وليلة.

فلما كان ثاني يوم ضحوة نهار، ثار علينا ريح وهاج البحر وقوي الموج والريح فرمانا الماء على جزيرة ونحن مثل الموتى من شدة السهر والتعب والبرد والجوع والخوف والعطش. وقد مشينا في جوانب تلك الجزيرة فوجدنا فيها نباتًا كثيرًا. فأكلنا منه شيئًا يسد رمقنا ويقيتنا. وبتنا تلك الليلة على ساحل الجزيرة.

فلما أصبح الصباح وأضاء بنوره ولاح، قمنا ومشينا في الجزيرة يمينًا وشمالًا فلاح لنا عمارة على بعد، فسرنا في تلك الجزيرة قاصدين تلك العمارة التي رأيناها من بعد ولم نزل سائرين إلى أن وقفنا على بابها. فبينما نحن واقفون هناك، إذ خرج علينا من ذلك الباب جماعة عراة ولم يكلمونا، وقد قبضوا علينا وأخذونا عند ملكهم فأمرنا بالجلوس، فجلسنا. وقد أحضروا لنا طعامًا لم نعرفه ولا في عمرنا رأينا مثله، فلم تقبله نفسي، ولم آكل منه شيئًا دون رفقتي. وكان قلة أكلي منه لطفًا من الله تعالى حتى عشت إلى الآن.

فلما أكل أصحابي من ذلك الطعام، ذهلت عقولهم وصاروا يأكلون مثل المجانين وتغيرت أحوالهم. وبعد ذلك أحضروا لهم دهن النارجيل، فسقوهم منه، ودهنوهم منه. فلما شرب أصحابي من ذلك الدهن زاغت أعينهم من وجوههم، وصاروا يأكلون من ذلك الطعام بخلاف أكلهم المعتاد. فعند ذلك احترت في أمرهم وصرت أتأسف عليهم، وقد صار عندي هم عظيم من شدة الخوف على نفسي من هؤلاء العرايا. وقد تأملتهم فإذا هم قوم مجوس وملك مدينتهم غول، وكل من وصل إلى بلادهم أو رأوه في الوادي أو الطرقات يجيئون به إلى ملكهم، ويطعمونه من ذلك الطعام ويدهنونه بذلك الدهن، فيتسع جوفه لأجل أن يأكل كثيرًا ويذهل عقله وتنطمس فكرته، ويصير مثل الإبل. فيزيدون له الأكل والشرب من ذلك الطعام والدهن حتى يسمن ويغلظ فيذبحونه ويشوونه ويطعمونه لملكهم. وأما أصحاب الملك، فيأكلون من لحم الإنسان بلا شوي ولا طبخ.

فلما نظرت منهم ذلك الأمر، صرت في غاية الكرب على نفسي وعلى أصحابي، وقد صار أصحابي من فرط ما دهشت عقولهم، لا يعلمون ما يفعل بهم. وقد سلموهم إلى شخص، فصار يأخذهم كل يوم ويخرج يرعاهم في تلك الجزيرة مثل البهائم. وأما أنا فقد صرت من شدة الخوف والجوع ضعيفًا سقيم الجسم وصار لحمي يابسًا على عظمي.

فلما رأوني على هذه الحالة، تركوني ونسوني ولم يتذكرني منهم أحد. ولا خطرت لهم على بال. إلى أن تحيلت يومًا من الأيام وخرجت من ذلك المكان ومشيت في تلك الجزيرة، ولم أزل سائرًا حتى طلع النهار وأصبح الصباح وأضاء بنوره ولاح وطلعت الشمس على رؤوس الروابي والبطاح. وقد تعبت وجعت وعطشت، فصرت آكل من الحشيش والنبات الذي في الجزيرة. ولم أزل آكل من ذلك النبات حتى شبعت وانسد رمقي، وبعد ذلك قمت ومشيت في الجزيرة، ولم أزل على هذه الحالة طول النهار والليل. وكلما أجوع آكل من النبات ولم أزل على هذه الحالة مدة سبعة أيام بلياليها.

فلما كانت صبيحة اليوم الثامن، لاحت مني نظرة، فرأيت شبحًا من بعيد فسرت إليه. ولم أزل سائرًا إلى أن حصلته بعد غروب الشمس. فحققت النظر فيه بعد وأنا بعيد عنه وقلبي خائف من الذي قاسيته أولًا وثانيًا، وإذا هم جماعة يجمعون حب الفلفل. فلما قربت منهم ونظروني تسارعوا إلي وجاءوا عندي، وقد أحاطوني من كل جانب. وقالوا لي:

- من أنت؟ ومن أين أقبلت؟

فقلت لهم:

- اعلموا يا جماعة أني رجل غريب مسكين..

وأخبرتهم بجميع ما كان من أمري وما جرى لي من الأهوال والشدائد وما قاسيته من الشدائد. فقالوا:

- والله هذا أمر عجيب، ولكن كيف خلاصتك من السودان؟ وكيف مرورك عليهم في هذه الجزيرة وهم خلق كثيرون ويأكلون الناس ولا يسلم منهم أحد ولا يقدر أن يجوز عليهم أحد؟

فأخبرتهم بما جرى لي معهم، وكيف أخذوا أصحابي وأطعموهم الطعام ولم آكل منه، فهنأوني بالسلامة، وصاروا يتعجبون مما جرى لي، ثم أجلسوني عندهم حتى فرغوا من شغلهم وأتوني بشيء من الطعام، فأكلت منه وكنت جائعًا، وارتحت عندهم ساعة من الزمان.

وبعد ذلك، أخذوني ونزلوا بي في مركب وجاءوا إلى جزيرتهم، ومساكنهم وقد عرضوني على ملكهم، فسلمت عليه ورحب بي وأكرمني وسألني عن حالي، فأخبرته بما كان من أمري. وما جرى لي وما اتفق لي من يوم خروجي من مدينة بغداد إلى حين وصلت إليه، فتعجب ملكهم من قصتي غاية العجب، هو ومن كان حاضرًا في مجلسه. ثم إنه أمرني بالجلوس عنده فجلست، وأمر بإحضار الطعام فأحضروه، فأكلت منه على قدر كفايتي، وغسلت يدي وشكرت فضل الله تعالى وحمدته وأثنيت عليه.

ثم إني قمت من عند ملكهم، وتفرجت في مدينته، فإذا هي مدينة عامرة كثيرة الأهل والمال. كثيرة الطعام والأسواق والبضائع والبائعين والمشترين، ففرحت بوصولي إلى تلك المدينة، وارتاح خاطري، واستأنست بأهلها، وصرت عندهم وعند ملكهم معززًا مكرمًا، زيادة عن أهل مملكته من عظماء مدينته، ورأيت جميع أكابرها وأصاغرها يركبون الخيل الجياد الملاح من غير سروج فتعجبت من ذلك.

ثم إني قلت للملك:

- لأي شيء يا مولاي لم تركب على سرج فإن فيه راحة للراكب وزيادة قوة..

فقال لي:

- كيف يكون السرج؟؟ هذا شيء عمرنا ما رأيناه ولا ركبنا عليه..

فقلت له:

- هل لك أن تأذن لي أن أصنع لك سرجًا تركب عليه وتنظر حظه؟؟

فقال لي:

- افعل..

فقلت له:

- مرهم فليحضروا لي شيئًا من الخشب والصوف والحبال..

فأمر لي بإحضار جميع ما طلبته.

فعند ذلك، طلبت نجارًا شاطرًا، وجلست عنده، وعلمته صنعة السرج، وكيف يعمله. ثم إني أخذت صوفًا ونقشته، وصنعت منه لبدًا، وأحضرت جلدًا، وألبسته السرج، وصقلته. ثم إني ركبت سيوره وشددت شريحته. وبعد ذلك، أحضرت الحداد ووصفت له كيفية الركاب، فدق ركابًا عظيمًا، وبردته وبيضته بالقصدير. ثم إني شددت له أهدابًا من الحرير، وبعد ذلك قمت وجئت بحصان من خيار خيول الملك، وشددت عليه السرج، وعلقت فيه الركاب وألجمته بلجام وقدمته إلى الملك. فأعجبه ولاق بخاطره، وشكرني وركب عليه، وقد حصل له فرح شديد بذلك السرج، وأعطاني شيئًا كثيرًا في نظير عملي له.

فلما نظرني وزيره عملت ذلك السرج، طلب مني واحدًا مثله، فعملت له سرجًا مثله وقد صار أكابر الدولة وأصحاب المناصب يطلبون مني السروج، فأفعل لهم. وعلمت النجار صنعة السرج، والحداد صنعة الركاب، وصرنا نعمل السروج والركابات ونبيعها للأكابر والمخاديم. وقد جمعت من ذلك مالًا كثيرًا، وصار لي عندهم مقامًا كبيرًا. وأحبوني محبة زائدة، وبقيت صاحب منزلة عالية عند الملك وجماعته، وعند أكابر البلد وأرباب الدولة.

إلى أن جلست يومًا من الأيام عند الملك وأنا في غاية السرور والعز. فبينما أنا جالس قال لي الملك:

- اعلم يا هذا أنك صرت معزوزًا مكرمًا عندنا وواحدًا منا، ولا نقدر على مفارقتك، ولا نستطيع خروجك من مدينتنا، ومقصودي منك شيء تطيعني فيه ولا ترد قولي.

فقلت له:

- وما الذي تريد أيها الملك، فإني لا أرد قولك، لأنه صار لك فضل وجميل وإحسان علي والحمد لله أنا صرت من خدامك.

فقال:

- أريد أن أزوجك عندنا زوجة حسنة مليحة ظريفة صاحبة مال وجمال، وتصير مستوطنًا عندنا وأسكنك عندي في قصري فلا تخالفني ولا ترد كلامي.

فلما سمعت كلام الملك، استحييت منه وسكت، ولم أرد عليه جوابًا من كثرة الحياء. فقال لي:

- لماذا لا ترد علي يا ولدي؟

فقلت:

- يا سيدي، الأمر أمرك يا ملك الزمان.

فأرسل من وقته وساعته وأحضر القاضي والشهود وزوجني في ذلك الوقت بامرأة شريفة القدر، عالية النسب كثيرة المال والنوال عظيمة الأصل بديعة الجمال والحسن صاحبة أماكن وأملاك وعقارات. ثم إنه أعطاني بيتًا عظيمًا مليحًا بمفرده. وأعطاني خدامًا وحشمًا ورتب له جرايات وجوامك. وصرت في غاية الراحة والبسط والانشراح. ونسيت جميع ما حصل لي من التعب والمشقة والشدة، وقلت في نفسي، إذا سافرت إلى بلادي آخذها معي، وكل شيء مقدر على الإنسان لابد منه ولم يعلم بما يجري له. وقد أحببتها وأحبتني محبة عظيمة ووقع الوفاق بيني وبينها، وقد أقمنا في ألذ عيش وأرغد مورد، ولم نزل على هذه الحالة مدة من الزمن. وفس يوم من الأيام، ماتت زوجة جاري وكان

صاحبًا لي، فدخلت إليه لأعزيه في زوجته، فرأيته في أسوأ حال وهو مهموم تعبان السر والخاطر. فعند ذلك عزيته وسليته وقلت له:

- لا تحزن على زوجتك، الله يعوضك خيرًا منها، ويكون عمرك طويلًا إن شاء الله تعالى.

فبكى بكاء شديدًا وقال:

- يا صاحبي، كيف أتزوج بغيرها أو كيف يعوضني الله خيرًا منها وأنا بقي من عمري يوم واحد؟؟

فقلت له:

- يا أخي، ارجع لعقلك، ولا تبشر على روحك بالموت، فإنك طيب بخير وعافية.

فقال لي:

- يا صاحبي، وحياتك في غد تعدمني، وما بقيت عمرك تنظرني.

فقلت له:

- وكيف ذلك؟

فقال لي:

- في هذا النهار يدفنون زوجتي، ويدفنوني معها في القبر فإنها عادتنا في بلادنا، إذا ماتت المرأة يدفنون معها زوجها بالحياة، وإن مات الرجل يدفنون معه زوجته بالحياة، حتى لا يتلذذ أحد منهم بالحياة بعد رفيقه.

فقلت له:

- بالله إن هذه العادة رديئة جدًا وما يقدر عليها أحد..

فبينما نحن في ذلك الحديث، وإذا بغالب أهل المدينة قد حضروا وصاروا يعزون صاحبي في زوجته وفي نفسه، وقد شرعوا في تجهيزها على

جري عادتهم، فأحضروا تابوتًا وحملوا فيه المرأة وذلك الرجل معهم، وخرجوا بهما إلى خارج المدينة، وأتوا إلى مكان في جانب الجبل على البحر، وتقدموا إلى مكان ورفعوا عنه حجرًا كبيرًا، فبان من تحت ذلك الحجر خرزة من الحجر مثل خرزة البئر، فرموا تلك المرأة فيها. وإذا هو جب كبير تحت الجبل، ثم إنهم جاؤوا بذلك الرجل، وربطوه تحت صدره في سلبة، وأنزلوه في ذلك الجب، وأنزلوا عنده كوز ماء عذب كبير وسبعة أرغفة من الزاد. ولما أنزلوه فك نفسه من السلبة فسحبوا السلبة وغطوا فم البئر بذلك الحجر الكبير. مثل ما كان وانصرفوا إلى حال سبيلهم، وتركوا صاحبي عند زوجته. فقلت في نفسي والله إن هذا الموت أصعب من الموت الأول. ثم إني جئت عند ملكهم وقلت له:

- يا سيدي، كيف تدفنون الحي مع الميت في بلادكم.

فقال لي:

- اعلم أن هذه عادتنا في بلادنا، إذا مات الرجل ندفن معه زوجته، وإذا ماتت المرأة ندفن معها زوجها بالحياة. حتى لا نفرق بينهما في الحياة ولا في الممات. وهذه العادة عن أجدادنا.

فقلت:

- يا ملك الزمان، وكذا الرجل الغريب مثلي، إذا ماتت زوجته عندكم تفعلون به مثل ما فعلتم بهذا؟!

فقال لي:

- نعم، ندفنه معها ونفعل به كما رأيت.

فلما سمعت ذلك الكلام منه، انشقت مرارتي من شدة الغم والحزن على نفسي، وذهل عقلي وصرت خائفًا أن تموت زوجتي قبلي فيدفنوني معها وأنا حي. ثم إني سليت نفسي لعلي أموت أنا قبلها، ولم يعلم أحد السابق من اللاحق. وصرت أتلاهى في بعض الأمور. فما مضت مدة يسيرة بعد ذلك، حتى مرضت زوجتي وقد مكثت أيامًا قلائل وماتت.

فاجتمع غالب الناس يعزونني ويعزون أهلها فيها. وقد جاءني الملك يعزيني فيها على جري عادتهم. ثم إنهم جاؤوا لها بغاسلة فغسلوها وألبسوها أفخر ما عندها من الثياب والمصاغ والقلائد والجواهر من المعادن. فلما ألبسوا زوجتي وحطوها في التابوت وحملوها وراحوا بها إلى ذلك الجبل، ورفعوا الحجر عن فم الجب وألقوها فيه. وأقبل جميع أصحابي وأهل زوجتي يودعونني في روحي وأنا أصيح بينهم: أنا رجل غريب، وليس لي صبر على عادتكم.. وهم لا يسمعون قولي ولا يلتفتون إلى كلامي. ثم إنهم أمسكوني وربطوني بالغصب وربطوا معي سبعة أقراص من الخبز وماء عذب على جري عادتهم. وأنزلوني في ذلك البئر، فإذا هو مغارة كبيرة تحت ذلك الجبل. وقالوا لي فك نفسك من الحبال فلم أرض أن أفك نفسي، فرموا علي الحبال ثم غطوا فم المغارة بذلك الحجر الكبير الذي كان عليها. وراحوا إلى حال سبيلهم.

وأما أنا فإني رأيت في تلك المغارة أمواتًا كثيرة ورائحتها نتنة وكريهة، فلمت نفسي على فعلتي وقلت: والله إني أستحق جميع ما يجري لي وما يقع لي. ثم إني صرت لا أعرف الليل من النهار، وصرت أتقوت باليسير، ولا آكل حتى يكاد أن يقطعني الجوع، ولا أشرب حتى يشتد بي العطش. وأنا خائف أن يفرغ ما عندي من الزاد والماء. وقلت: لا حول ولا قوة إلا بالله العلي العظيم. أي شيء بلاني بالزواج في هذه المدينة؟ وكلما أقول خرجت من مصيبة أقع في مصيبة أقوى منها، والله إن هذا الموت موت مشؤوم. يا ليتني غرقت في البحر أو مت في الجبال كان أحسن لي من هذا الموت الرديء. ولم أزل على هذه الحالة ألوم نفسي، وكنت أنام على عظام الأموات، واستعنت بالله حتى أحرق قلبي الجوع وألهبني العطش، فقعدت وحسست على الخبز وأكلت منه شيئًا قليلًا وتجرعت عليه شيئًا قليلًا من الماء.

ثم إني قمت ووقفت على حيلي، وصرت أمشي في جانب تلك المغارة فرأيتها متسعة الجوانب خالية البطون ولكن في أرضها أموات كثيرة وعظام رميمة من قديم الزمان. فعند ذلك عملت لي مكانًا في جانب المغارة بعيدًا عن الموتى الطريين، وصرت أنام فيه. وقد قل زادي وما

بقي معي إلا شيء يسير. وقد كنت آكل في كل يوم أو أكثر أكلة وأشرب شربة خوفًا من فراغ الماء والزاد من عندي قبل موتي، ولم أزل على هذه الحالة إلى أن جلست يومًا من الأيام. فبينما أنا جالس متفكر في نفسي كيف أفعل إذا فرغ زادي والماء من عندي، وإذا بالصرة قد تزحزحت من مكانها، ونزل منه النور عندي فقلت يا ترى ما الخبر؟ وإذا بالقوم واقفون على رأس البئر وقد أنزلوا رجلًا ميتًا، وامرأة معه حية وهي تبكي وتصيح على نفسها. وقد أنزلوا عندها شيئًا كثيرًا من الزاد والماء، فصرت انظر المرأة وهي لم تنظرني، وقد غطوا فم البئر بالحجر وانصرفوا إلى حال سبيلهم.

فقمت أنا وأخذت في يدي قصبة رجل ميت وجئت إلى المرأة وضربتها في وسط رأسها فوقعت على الأرض مغشيًا عليها، فضربتها ثانيًا وثالثًا، فماتت فأخذت خبزها وما معها ورأيت عليها شيئًا كثيرًا من الحلي والحلل والقلائد والجواهر والمعادن. ثم إني أخذت الماء والزاد الذي مع المرأة، وقعدت في الموضع الذي كنت عملته في جانب المغارة لأنام فيه. وصرت آكل من ذلك الزاد شيئًا قليلًا على قدر ما يقوتني حتى لا يفرغ بسرعة، فأموت من الجوع والعطش. وأقمت في تلك المغارة مدة من الزمان وأنا كل من دفنوه أقتل من دفن معه بالحياة، وآخذ أكله وشربه أتقوت به.

إلى أن كنت نائمًا يومًا من الأيام، فاستيقظت من منامي وسمعت شيئًا يكركب في جانب المغارة، فقلت: ما يكون هذا؟ ثم إني قمت ومشيت نحوه ومعي قصبة رجل ميت، فلما أحس بي، فر وهرب مني، فإذا هو حيوان، فتبعته إلى صدر المغارة، فبان لي نور من مكان صغير مثل النجمة، تارة يبين لي، وتارة يخفى عني.

فلما نظرته قصدت نحوه وبقيت كلما أتقرب منه يظهر لي نور منه ويتسع، فعند ذلك تحققت أنه خرق في تلك المغارة ينفذ للخلاء. فقلت في نفسي: لابد أن يكون لهذا المكان حركة، إما أن يكون مدفنًا ثانيًا مثل الذي نزلوني منه، وإما أن يكون تخريق من هذا المكان. ثم إني تفكرت في نفسي ساعة من الزمان، ومشيت إلى ناحية النور، وإذا به ثقب في

ظهر الجبل من الذئاب، ثقبوه وصاروا يدخلون منه إلى هذا المكان ويأكلون الموتى حتى يشبعون ويطلعون من ذلك الثقب. فلما رأيته، هدأت واطمأنت نفسي، وارتاح قلبي وأيقنت بالحياة بعد الممات. وصرت كأني في المنام. ثم إني عالجت الثقب حتى طلعت حتى نفدت منه، فرأيت نفسي على جانب البحر المالح فوق جبل عظيم، وهو قاطع بين البحرين وبين الجزيرة والمدينة. ولا يستطيع أحد الوصول إليه. فحمدت الله تعالى وشكرته وفرحت فرحًا عظيمًا وقوي قلبي.

ثم إني بعد ذلك، رجعت من الثقب إلى المغارة ونقلت جميع ما فيها من الزاد والماء، الذي كنت وفرته. ثم إني أخذت من ثياب الأموات ولبست شيئًا منها غير الذي كان علي، وأخذت مما عليهم شيئًا كثيرًا من أنواع العقود والجواهر وقلائد اللؤلؤ والمصاغ من الفضة والذهب المرصع بأنواع المعادن والتحف وربطته في ثياب الموتى وطلعتها من الثقب إلى ظهر الجبل. ووقفت على جانب البحر، وبقيت في كل يوم أنزل المغارة وأطلع وكل من دفنوه آخذ زاده وماؤه وأقتله سواء كان ذكرًا أو أنثى، وأطلع من ذلك الثقب فأجلس على جانب البحر لأنتظر الفرج من الله تعالى. وصرت أنقل من تلك المغارة كل شيء رأيته من المصاغ وأربطه في ثياب الموتى، ولم أزل على هذه الحالة مدة من الزمان.

فبينما أنا جالس يومًا من الأيام على جانب البحر وأنا متفكر في أمري، وإذا بمركب سائر في وسط البحر العجاج المتلاطم بالأمواج. فأخذت في يدي ثوبًا أبيض من ثياب الموتى وربطته في عكاز وجريت به على شاطئ البحر وصرت أشير إليهم بذلك الثوب حتى لاحت منهم التفاتة فرأوني وأنا في رأس الجبل. فجاؤوا إلي وسمعوا صوتي وأرسلوا إلي زورقًا من عندهم وفيه جماعة من المركب. فأخذوني إلى المركب، ولم نزل مسافرين من جزيرة إلى جزيرة، ومن بحر إلى بحر، وأنا أرجو النجاة، وصرت فرحانًا بسلامتي وكلما أتفكر قعودي في المغارة مع زوجتي يغيب عقلي.

وقد وصلنا بقدرة الله تعالى مع السلامة إلى مدينة البصرة، فطلعت إليها وأقمت فيها أيامًا قلائل، وبعدها جئت إلى مدينة بغداد، فجئت إلى حارتي

ودخلت داري وقابلت أهلي وأصحابي وسألت عنهم، ففرحوا بسلامتي وهنأوني. وقد خزنت جميع ما كان معي من الأمتعة في حواصلي. وتصدقت ووهبت وكسوت الأيتام والأرامل، وصرت في غاية البسط والسرور. وقد عدت لما كنت عليه من المعاشرة والمرافقة ومصاحبة الإخوان واللهو والطرب. وهذا أعجب ما صار لي في السفرة الرابعة.

قال السندباد البحري مخاطبًا السندباد الحمال:

ـ ولكن يا أخي تعش عندي وخذ عادتك، وفي غد تجيء عندي، فأخبرك بما كان لي وما جرى لي في السفرة الخامسة. فإنها أعجب وأغرب مما سبق.

ثم أمر له بمائة مثقال ذهب ومد السماط وتعشى الجماعة وانصرفوا إلى حال سبيلهم وهم متعجبون غاية العجب، وكل حكاية أعظم من التي قبلها.

الرحلة الخامسة

وقد راح السندباد الحمال إلى منزله وبات في غاية البسط والانشراح وهو متعجب، ولما أصبح الصباح وأضاء نوره ولاح، قام السندباد الحمال، وصلى الصبح وتمشى إلى أن دخل دار السندباد البحري وصبح عليه. فرحب به وأمره بالجلوس عنده حتى جاءه بقية أصحابه، فأكلوا وشربوا وتلذذوا وطربوا، ودارت بينهم المحادثات. فابتدأ السندباد البحري بالكلام فيما جرى وما وقع له في الحكاية الخامسة. فقال:

- اعلموا يا إخواني أني لما رجعت من السفرة الرابعة، وقد غرقت في اللهو والطرب والانشراح وقد نسيت جميع ما كنت لقيته وما جرى لي وما قاسيته من شدة فرحي بالمكسب والربح والفوائد. فحدثتني نفسي بالسفر والتفرج في بلاد الناس وفي الجزائر. فقمت وهممت في ذلك الوقت واشتريت بضاعة تناسب البحر، وحزمت الحمول وسرت من مدينة بغداد وتوجهت إلى مدينة البصرة، ومشيت على جانب الساحل، فرأيت مركبًا كبيرًا مليحًا فأعجبني فاشتريته، وكانت عدته جديدة واكتريت له ريسًا وبحارة. ونظرت عليه عبيدي وغلماني، وأنزلت فيه حمولي، وجاءني جماعة من التجار فنزلوا حمولهم فيه، ودفعوا لي الأجرة، وسرنا ونحن في غاية الفرح والسرور. وقد استبشرنا بالسلامة والكسب ولم نزل مسافرين من جزيرة إلى جزيرة ومن بحر إلى بحر ونحن نتفرج في الجزر والبلدان، ونطلع إليها نبيع فيها ونشتري. ولم نزل على هذه الحالة، إلى أن وصلنا يومًا من الأيام إلى جزيرة خالية من السكان. وليس فيها أحد وهي خراب وفيها قبة عظيمة بيضاء كبيرة الحجم فطلعنا نتفرج عليها وإذا هي بيضة رخ كبيرة.

فلما طلع التجار إليها وتفرجوا عليها، ولم يعلموا أنها بيضة رخ، فضربوها بالحجارة فكسرت ونزل منها ماء كثير، وقد بان منها فرخ الرخ، فسحبوه منها وطلعوه من تلك البيضة وذبحوه وأخذوا منه لحمًا كثيرًا، وأنا في المركب، ولم أعلم ولم يطلعوني على ما فعلوه. فعند ذلك، قال لي واحد من الركاب:

- يا سيدي قم تفرج على هذه البيضة التي تحسبنها قبة.

فقمت لاتفرج عليها، فوجدت التجار يضربون البيضة، فصحت عليهم:

ـ لا تفعلوا هذا الفعل فيطلع طير الرخ ويكسر مركبنا ويهلكنا..

فلم يسمعوا كلامي.

فبينما هم على هذه الحالة، وإذا بالشمس قد غابت عنا والنهار أظلم وصار فوقنا غمامة أظلم الجو منها، فرفعنا رؤوسنا لننظر ما الذي حال بيننا وبين الشمس، فرأينا أجنحة الرخ هي التي حجبت عنا ضوء الشمس، حتى أظلم الجو وذلك أنه لما جاء الرخ رأى بيضه انكسرت تبعنا وصاح علينا، فجاءت رفيقته، وصارا حائمين على المركب يصرخان علينا بصوت أشد من الرعد فصحت أنا على الريس والبحارة، وقلت لهم:

ـ ادفعوا المركب، واطلبو السلامة قبل أن نهلك..

فأسرع الريس وطلع التجار وحل المركب وسرنا من تلك الجزيرة.

فلما رآنا الرخ سرنا في البحر، غاب عنا ساعة من الزمان، وقد أبحرنا وأسرعنا في السير بالمركب نريد الخلاص منهما والخروج من أرضهما، وإذا بهما قد تبعانا وأقبلا علينا، وفي رجل كل واحد منهما صخرة عظيمة من الجبل. فألقى الصخرة التي كان معه علينا، فجذب الريس المركب وقد أخطأها نزول الصخرة بشيء قليل، فنزلت في البحر تحت المركب، فقام بنا المركب وقعد من عظم وقوعها في البحر. وقد رأينا قعر البحر من شدة عزمها.

ثم إن رفيقة الرخ ألقت علينا الصخرة التي معها وهي أصغر من الأولى، فنزلت بالأمر المقدر على مؤخرة المركب فكسرتها وطيرت الدفة عشرين قطعة. وقد غرق جميع ما كان في المركب بالبحر، فصرت أحاول النجاة من حلاوة الروح، فقدر الله تعالى لي لوحًا من ألواح المركب، فتعلقت فيه وركبته وصرت أقذف عليه برجلي والريح والموج يساعداني على السير، وكان المركب قد غرق بالقرب من جزيرة في وسط البحر. فرمتني المقادير بإذن الله تعالى إلى تلك الجزيرة، فطلعت

عليها وأنا على آخر نفس وفي حالة الموت من شدة ما قاسيته من التعب والمشقة والجوع والعطش.

ثم إني انطرحت على شاطئ البحر ساعة من الزمان حتى ارتاحت نفسي واطمأن قلبي. ثم مشيت في تلك الجزيرة، فرأيتها كأنها روضة من رياض الجنة، أشجارها يانعة، وأنهارها دافقة، وطيورها مغردة تسبح من له العزة والبقاء. وفي تلك الجزيرة شيء كثير من الأشجار، والفواكه وأنواع الأزهار. فعند ذلك، أكلت من الفواكه حتى شبعت وشربت من تلك الأنهار، حتى رويت وحمدت الله تعالى على ذلك واثنيت عليه.

ولم أزل على هذه الحالة قاعدًا في الجزيرة، إلى أن أمسى المساء، وأقبل الليل وأنا مثل القتيل مما حصل لي من التعب والخوف، ولم أسمع في تلك الجزيرة صوتًا ولم أر فيها أحدًا. ولم أزل راقدًا فيها إلى الصباح، ثم قمت على حيلي، ومشيت بين تلك الأشجار ساقية على عين ماء جارية، وعند تلك الساقية شيخ جالس مليح، وذلك الشيخ مؤتزر بإزار من ورق الأشجار. فقلت في نفسي: لعل هذا الشيخ طلع إلى هذه الجزيرة وهو من الغرقى الذين كسر بهم المركب. ثم دنوت منه، وسلمت عليه، فرد الشيخ علي السلام بالإشارة ولم يتكلم. فقلت له:

- يا شيخ، ما سبب جلوسك في هذا المكان؟

فحرك رأسه، وتأسف، وأشار لي بيده يعني احملني على رقبتك وانقلني من هذا المكان إلى جانب الساقية الثانية.

فقلت في نفسي: اعمل مع هذا معروفًا، وأنقله إلى المكان الذي يريده، لعل ثوابه يحصل لي. فتقدمت إليه، وحملته على أكتافي، وجئت إلى المكان الذي أشار لي إليه، وقلت له:

- انزل على مهلك.

فلم ينزل عن أكتافي، وقد لف رجليه على رقبتي. فنظرت إلى رجليه، فرأيتهما مثل جلد الجاموس في السواد والخشونة، ففزعت منه وأردت أن أرميه من فوق أكتافي، فقرط على رقبتي برجليه، وخنقني بهما حتى

اسودت الدنيا في وجهي، وغبت عن وجودي، ووقعت على الأرض مغشيًا علي مثل الميت. فرفع ساقيه وضربني على ظهري، وعلى أكتافي، فحصل لي ألم شديد، فنهضت قائمًا به وهو راكب فوق أكتافي، وقد تعبت منه. فأشار لي بيده أن ادخل بين الأشجار، فدخلت إلى أطيب الفواكه.. وكنت إذا خالفته يضربني برجليه ضربًا أشد من ضرب الأسواط.

ولم يزل يشير إلي بيده إلى كل مكان أراده وأنا أمشي به إليه، وإن توانيت أو تمهلت يضربني وأنا معه شبه الأسير، وقد دخلنا في وسط الجزيرة بين الأشجار. وصار يبول ويغوط على أكتافي ولا ينزل ليلًا ولا نهارًا. وإذا أراد النوم يلف رجليه على رقبتي وينام قليلًا، ثم يقوم ويضربني فأقوم مسرعًا به. ولا أستطيع مخالفته من شدة ما أقاسي منه، وقد لمت نفسي على ما كان مني من حمله والشفقة عليه.

ولم أزل معه على هذه الحالة وأنا في أشد ما يكون من التعب، وقلت في نفسي أنا فعلت مع هذا خيرًا فانقلب علي شرًا. والله ما بقيت أفعل مع أحد خيرًا طول عمري. وقد صرت أتمنى الموت من الله تعالى في كل وقت وكل ساعة من كثرة ما أنا فيه من التعب والمشقة.

ولم أزل على هذه الحالة مدة من الزمان، إلى أن جئت به يومًا من الأيام إلى مكان في الجزيرة، فوجدت فيه يقطينًا كثيرًا، ومنه شيء يابس. فأخذت منه واحدة كبيرة يابسة وفتحت رأسها، وصفيتها إلى شجرة العنب، فملأتها منها وسددت رأسها، ووضعتها في الشمس وتركتها مدة أيام حتى صارت خمرًا صافيًا. وصرت كل يوم أشرب منه لأستعين به على تعبي مع ذلك الشيطان المريد. وكلما سكرت منها تقوى همتي. فنظرني يومًا من الأيام وأنا أشرب، فأشار لي بيده: ما هذا؟ فقلت له: هذا شيء مليح يقوي القلب ويشرح الخاطر.

ثم إني جريت به ورقصت بين الأشجار، وحصل لي نشوة من السكر فصفقت وغنيت وانشرحت. فلما رآني على هذه الحالة، أشار لي أن أناوله اليقطينة ليشرب منها، فخفت منه وأعطيتها له، فشرب ما كان

باقيًا فيها، ورماها على الأرض، وقد حصل له طرب. فصار يهتز على أكتافي. ثم إنه سكر وغرق في السكر، وقد ارتخت جميع أعضائه وفرائصه، وصار يتمايل من فوق أكتافي. فلما علمت بسكره وأنه غاب عن الوجود، مددت يدي إلى رجليه وفككتهما من رقبتي، ثم ملت به إلى الأرض وألقيته عليها.

فما صدقت أنني خلصت نفسي ونجوت من الأمر الذي كنت فيه. ثم إني خفت منه أي يقوم من سكره ويؤذيني. فأخذت صخرة عظيمة من بين الأشجار، وجئت إليه فضربته على رأسه وهو نائم، فاختلط لحمه بدمه وقد قتل فلا رحمة الله عليه. وبعد ذلك مشيت في الجزيرة وقد ارتاح خاطري. فتوجهت إلى الينبوع، واغتسلت بالماء البارد، وطلعت فلم يكن معي من الملبوس ما يستر عورتي. فجئت إلى المكان الذي كنت فيه على ساحل البحر، ولم أزل في تلك الجزيرة آكل من أثمارها، وأشرب من أنهارها مدة من الزمان وأنا أترقب مركبًا يمر علي إلى أن كنت جالسًا يومًا من الأيام متفكرًا فيما جرى لي وما كان من أمري، وأقول في نفسي: يا ترى هل يبقيني الله سالمًا ثم أعود إلى بلادي وأجتمع بأهلي وأصحابي؟ وإذا بمركب قد أقبل من وسط البحر العجاج المتلاطم بالأمواج، ولم يزل سائرًا حتى رسى على تلك الجزيرة وطلع منه الركاب إلى الجزيرة، فمشيت إليهم فلما نظروني أقبلوا علي كلهم مسرعين واجتمعوا حولي وقد سألوني عن حالي، وما سبب وصولي إلى تلك الجزيرة، فأخبرتهم بأمري وما جرى لي فتعجبوا من ذلك غاية العجب.

وقالوا:

- إن هذا الرجل الذي ركب على أكتافك يسمى شيخ البحر، وما أحد دخل تحت أعضائه وخلص منه إلا أنت، والحمد لله على سلامتك.

ثم إنهم جاؤوا إلي بشيء من الطعام، فأكلت حتى اكتفيت، وأعطوني شيئًا من الملبوس لبسته وسترت به عورتي.

ثم أخذوني معهم في المركب، وقد سرنا أيامًا وليال، فرمتنا المقادير على مدينة عالية البناء جميع بيوتها مطلة على البحر، وتلك المدينة يقال لها

مدينة القرود. وإذا دخل الليل، يأتي الناس الذين هم ساكنون في تلك المدينة، فيخرجون من هذه الأبواب التي على البحر، ثم ينزلون في زوارق ومراكب ويبيتون في البحر خوفًا من القرود أن ينزلوا عليهم في الليل من الجبال. فطلعت أتفرج في تلك المدينة، وتمشيت إلى أعماقها. وعندنا رجعت وجد المركب قد أبحر، ولم أعلم. فندمت على طلوعي إلى تلك المدينة، وتذكرت رفقتي وما جرى لي مع القرود أولًا وثانيًا. فقعدت أبكي وأنا حزين.

فتقدم إلي رجل من أصحاب هذه البلد، وقال:

- يا سيدي، كأنك غريب في هذه الديار.

فقلت:

- نعم أنا غريب، ومسكين. وكنت في مركب قد رسى على تلك المدينة، فطلعت منه لأتفرج في المدينة، وعدت إليه فلم أره.

فقال:

- قم وسر معنا، وانزل الزورق، فإنك إن قعدت في المدينة ليلًا أهلكتك القرود.

فقلت له:

- سمعًا وطاعة.

وقمت من وقتي وساعتي، ونزلت معهم في الزورق، ودفعوه من البر حتى أبعدوه عن الساحل مقدار ميل، وباتوا تلك الليلة وأنا معهم.

فلما أصبح الصباح، رجعوا بالزورق إلى المدينة وطلعوا وراح كل واحد منهم إلى شغله، ولم تزل هذه عادتهم كل ليلة. وكل من تخلف منهم في المدينة بالليل، جاء إليه القرود وأهلكوه. وفي النهار تطلع القرود إلى خارج المدينة، فيأكلون من أثمار البساتين ويرقدون في الجبال إلى وقت المساء. ثم يعودون إلى المدينة. وهذه المدينة في أقصى بلاد السودان.

ومن أعجب ما وقع لي من أهل هذه المدينة أن شخصًا من الجماعة الذين بت معهم في الزورق قال لي:

- يا سيدي، أنت غريب في هذه الديار. فهل لك صنعة تشتغل فيها؟

فقلت:

- لا والله يا أخي، ليس لي صنعة، ولست أعرف عمل شيء، وأنا رجل تاجر، صاحب مال ونوال، وكان لي مركب ملكي مشحونًا بأموال كثيرة وبضائع فكسر في البحر وغرق جميع ما كان فيه. وما نجوت من الغرق إلا بإذن الله. فرزقني الله بقطعة لوح ركبتها، فكانت السبب في نجاتي من الغرق.

فعند ذلك قام الرجل وأحضر لي مخلاة من قطن، وقال لي:

- خذ هذه المخلاة، واملأها حجارة زلط من هذه المدينة. واخرج مع جماعة من أهل المدينة وأنا أرافقك به وأوصيهم عليك، وافعل كما يفعلون فلعلك أن تعمل بشيء تستعين به على سفرك وعودتك إلى بلادك.

ثم إن ذلك الرجل أخذني وأخرجني إلى خارج المدينة، فنقيت حجارة صغيرة من الزلط وملأت تلك المخلاة. وإذا بجماعة خارجين من المدينة، فأرفقني بهم وأوصاهم علي. وقال لهم:

- هذا رجل غريب فخذوه معكم وعلموه اللقط، فلعله يعمل بشيء يتقوت به، ويبقى لكم الأجر والثواب.

فقالوا:

- سمعًا وطاعة..

ورحبوا بي، وأخذوني معهم، وساروا وكل واحد منهم معه مخلاة مثل المخلاة التي معي مملوءة زلطًا. ولم نزل سائرين إلى أن وصلنا إلى واد واسع فيه أشجار كثيرة عالية لا يقدر أحد على أن يطلع عليها. وفي ذلك الوادي قرود كثيرة.

فلما رأتنا هذه القرود نفرت منا وطلعت تلك الأشجار، فصاروا يرجمون القرود بالحجارة التي معهم في المخالي، والقرود تقطع من ثمار تلك الأشجار وترمي بها هؤلاء الرجال. فنظرت تلك الثمار التي ترميها القرود، وإذا هي جوز هندي. فلما رأيت ذلك العمل من القوم، اخترت شجرة عظيمة عليها قرود كثيرة، وجئت إليها وصرت أرجم هذه القرود فتقطع ذلك الجوز وترميني به. فأجمعه كما يفعل القوم فما فرغت الحجارة من مخلاتي حتى جمعت شيئًا كثيرًا.

فلما فرغ القوم من هذا العمل، لموا جميع ما كان معهم وحمل كل واحد منهم ما أطاقه ثم عدنا إلى المدينة في باقي يومنا. فجئت إلى الرجل صاحبي الذي أرفقني بالجماعة، وأعطيته جميع ما جمعت وشكرت فضله،

فقال لي:

- خذ هذا بعه وانتفع بثمنه.

ثم أعطاني مفتاح مكان في داره، وقال لي:

- ضع في هذا المكان هذا الذي بقي معك من الجوز واطلع في كل يوم مع الجماعة مثل ما طلعت هذا اليوم. والذي تجيء به، ميز منه الرديء وبعه وانتفع بثمنه واحفظه عندك في هذا المكان، فلعلك تجمع منه شيئًا يعينك على سفرك.

فقلت له:

- أجرك على الله تعالى.

وفعلت مثل ما قال لي ولم أزل في كل يوم أملأ المخلاة من الحجارة وأطلع مع القوم وأعمل مثل ما يعملون وقد صاروا يتواصون بي، ويدلونني على الشجرة التي فيها الثمر الكثير، ولم أزل على هذا الحال مدة من الزمان، وقد اجتمع عندي شيء كثير من الجوز الهندي الطيب. وبعت شيئًا كثيرًا، وكثر عندي ثمنه. وصرت أشتري كل شيء رأيته

ولاق بخاطري، وقد صفا وقتي وزاد في المدينة حظي، ولم أزل على هذه الحالة مدة من الزمان.

فبينما أنا واقف على جانب البحر وإذا بمركب قد ورد إلى تلك المدينة ورسى على الساحل وفيها تجار معهم بضائع، فصاروا يبيعون ويشترون ويقايضون على شيء من الجوز الهندي وغيره. فجئت عند صاحبي وأعلمته بالمركب الذي جاء وأخبرته بأني أريد السفر إلى بلادي، فقال: الرأي لك. فودعته وشكرته على إحسانه لي. ثم إني جئت عند المركب وقابلت الريس واكتريت معه، وأنزلت ما كان معي من الجوز وغيره في ذلك المركب، وقد ساروا بالمركب.

ولم نزل سائرين من جزيرة إلى جزيرة، ومن بحر إلى بحر، إلى أن وصلنا البصرة، فطلعت فيها وأقمت بها مدة يسيرة، ثم توجهت إلى مدينة بغداد، ودخلت حارتي وجئت إلى بيتي وسلمت على أهلي وأصحابي فهنأوني بالسلامة. وخزنت جميع ما كان معي من البضائع والأمتعة، وكسوت الأيتام والأرامل، وتصدقت ووهبت وهاديت أهلي وأصحابي وأحبابي. وقد عوض الله علي بأكثر مما راح مني أربع مرات. وقد نسيت ما جرى لي وما قاسيته من التعب بكثرة الربح والفوائد، وعدت لما كنت عليه في الزمن الأول من المعاشر والصحبة وهذا أعجب ما كان من أمري في السفرة الخامسة. ولكن، تعشوا وفي غد، تعالوا أخبركم بما كان في السفرة السادسة فإنها أعجب من هذه. فعند ذلك مدوا السماط وتعشوا.

فلما فرغوا من العشاء أمر السندباد للحمال بمائة مثقال من الذهب. فأخذها وانصرف وهو متعجب من ذلك الأمر.

الرحلة السادسة

وبات السندباد الحمال في بيته، ولما أصبح الصباح قام وصلى الصبح، ومشى إلى أن وصل إلى دار السندباد البحري، فدخل عليه وأمره بالجلوس، فجلس عنده. ولم يزل يتحدث معه حتى جاء بقية أصحابه، فتحدثوا ومدوا السماط وشربوا وتلذذوا وطربوا.

وبدأ السندباد البحري يحدثهم بحكاية السفرة السادسة، فقال لهم:

- اعلموا يا إخواني وأحبائي وأصحابي، أني لما جئت من تلك السفرة الخامسة ونسيت ما كنت قاسيته بسبب اللهو والطرب والبسط والانشراح وأنا في غاية الفرح والسرور، ولم أزل على هذه الحالة إلى أن جلست يومًا من الأيام في حظ وسرور وانشراح زائد.

فبينما أنا جالس إذا بجماعة من التجار وردوا علي وعليهم آثار السفر، فعند ذلك تذكرت أيام قدومي من السفر وفرحي بدخولي بلقاء أهلي وأصحابي وأحبائي، وفرحي ببلادي. فاشتاقت نفسي إلى السفر والتجارة، فعزمت على السفر واشتريت لي بضائع نفيسة فاخرة تصلح للبحر وحملت حمولي، وسافرت من مدينة بغداد إلى مدينة البصرة. ورأيت سفينة عظيمة فيها تجار وأكابر ومعهم بضائع نفيسة، فنزلت حمولي معهم في هذه السفينة، وسرنا بالسلامة من مدينة البصرة.

ولم نزل مسافرين من مكان إلى مكان ومن مدينة إلى مدينة، ونحن نبيع ونشتري ونتفرج على بلاد الناس وقد طاب لنا السعد والسفر، واغتنمنا المعاش. إلى أن كنا سائرين يومًا من الأيام، وإذا بريس المركب صرخ وصاح ورمى عمامته ولطم على وجهه ونتف لحيته ووقع في بطن المركب من شدة الغم والقهر.

فاجتمع عليه جميع التجار والركاب، وقالوا له:

- يا ريس، ما الخبر؟

فقال لهم الريس:

- اعلموا يا جماعة، أننا قد تهنا بمركبنا وخرجنا من البحر الذي كنا فيه، ودخلنا بحر لم نعرف طرقه. وإذا لم يقيض الله لنا شيئًا يخلصنا من هذا البحر، هلكنا جميعًا. فادعوا الله تعالى أن ينجينا من هذا الأمر.

ثم إن الريس قام وصعد على الصاري، وأراد أن يحل القلوع، فقوي الريح على المركب فرده على مؤخرته، فانكسرت دفته قرب جبل عال. فنزل الريس من الصاري، وقال:

- لا حول ولا قوة إلا بالله العلي العظيم، لا يقدر أحد أن يمنع المقدور، واعلموا أننا قد وقعنا في مهلكة عظيمة، ولم يبق لنا منها خلاص ولا نجاة.

فبكى جميع الركاب على أنفسهم، وودع بعضهم بعضًا لفراغ أعمارهم، وانقطع رجاؤهم، ومال المركب على ذلك الجبل، فانكسر وتفرقت ألواحة، فغرق جميع ما فيه، ووقع التجار في البحر، فمنهم من غرق ومنهم من تمسك بذلك الجبل وطلع عليه، وكنت أنا من جملة من طلع على ذلك الجبل. وإذا فيه جزيرة كبيرة عندها كثير من المراكب المكسرة، وفيها أرزاق كثيرة على شاطئ البحر من الذي يطرحه البحر من المراكب التي كسرت وغرق ركابها. وفيها شيء كثير يحير العقل والفكر من المتاع والأموال التي يلقيها البحر على جوانبها.

فعند ذلك، طلعت على تلك الجزيرة ومشيت فيها، فرأيت في وسطها عين ماء عذب حار خارج من تحت أول ذلك الجبل، وداخل في آخره من الجانب الثاني. وطلع جميع الركاب على ذلك الجبل إلى الجزيرة، وانتشروا فيها وقد ذهلت عقولهم من ذلك، وصاروا مثل المجانين من كثرة ما أروا في الجزيرة من الأمتعة والأموال على ساحل البحر. وقد رأيت في وسط تلك العين شيئًا كثيرًا من أصناف الجواهر والمعادن واليواقيت واللآلئ الكبار الملوكية. وهي مثل الحصى في مجاري الماء في تلك الغيطان، وجميع أرض تلك العين تبرق من كثرة ما فيها من المعادن وغيرها.

ورأينا كثيرًا في تلك الجزيرة من أعلى العود الصيني والعود القماري، وفي تلك الجزيرة عين نابعة، من صنف العنبر الخام. وهو يسيل مثل الشمع على جانب تلك الجزيرة من شدة حر الشمس. ويمتد على ساحل البحر. فتطلع الهوايش من البحر، وتبتلعه وتنزل في البحر، فيحمي في بطونها، فتقذفه من أفواهها في البحر. فيجمد على وجه الماء. فعند ذلك يتغير لونه وأحواله فتقذفه الأمواج إلى جانب البحر فيأخذه السواحون والتجار الذين يعرفونه فيبيعونه.

وأما العنبر الخالص من الابتلاع فإنه يسيل على جانب تلك العين ويتجمد بأرضها، وإذا طلعت عليه الشمس، يسيح. وتكون منه رائحة ذلك الوادي كله مثل المسك، وإذا زالت عنه الشمس يجمد. وذلك المكان الذي هو فيه هذا العنبر الخام لا يقدر أحد على دخوله، ولا يستطيع سلوكه. فإن الجبل محاط بتلك الجزيرة ولا يقدر أحد على صعود الجبل.. ولم نزل منتشربن في تلك الجزيرة نتفرج على ما خلق الله تعالى فيها من الأرزاق ونحن متحيرون من أمرنا وفيما نراه وعندنا خوف شديد.

وقد جمعنا على جانب الجزيرة شيئًا قليلًا من الزاد، فصرنا نوفره ونأكل منه في كل يوم أو يومين أكلة واحدة ونحن خائفون أن يفرغ الزاد منا فنموت كمدًا من شدة الجوع والخوف. وكل من مات منا نغسله ونكفنه في ثياب وقماش من الذي يطرحه البحر على جانب الجزيرة. حتى مات منا خلق كثير، ولم يبق منا إلا جماعة قليلة. فمرضنا بوجع البطن من البحر وأقمنا مدة قليلة، فمات جميع أصحابي ورفقائي واحدًا بعد واحد. وكل من مات منهم ندفنه وبقيت في تلك الجزيرة وحدي، وبقي معي زاد قليل بعد أن كان كثيرًا. فبكيت على نفسي وقلت يا ليتني مت قبل رفقائي وكانوا غسلوني ودفنوني، فلا حول ولا قوة إلا بالله العلي العظيم.

ثم إني أقمت مدة يسيرة، ثم قمت حفرت لنفسي حفرة عميقة في جانب تلك الجزيرة، وقلت في نفسي، إذا ضعفت وعلمت أن الموت قد أتاني أرقد في هذا القبر فأموت فيه. ويبقى الريح يسف الرمل علي فيغطيني، وأصير مدفونًا فيه. وصرت ألوم نفسي على قلة عقلي وخروجي من بلادي ومدينتي وسفري إلى البلاد بعد الذي قاسيته أولًا وثانيًا وثالثًا

ورابعًا وخامسًا. ولا سفرة من الأسفار إلا وأقاسي فيها أهوالًا وشدائدًا أشق وأصعب من الأهوال التي قبلها. وما أصدق بالنجاة والسلامة، وأتوب عن السفر في البحر وعن عودي إليه، ولست محتاجًا لمال وعندي شيء كثير. والذي عندي لا أقدر أن أفنيه ولا أضيع نصفه في باقي عمري. وعندي ما يكفيني وزيادة، ثم إني تفكرت في نفسي، وقلت والله لابد أن هذا النهر له أول وآخر ولابد له من مكان يخرج منه إلى العمار، والرأي السديد عندي أن أعمل لي فلكًا صغيرًا على قدر ما أجلس فيه وأنزل وألقيه في هذا النهر وأسير به، فإن وجدت خلاصًا أخلص وأنجو بإذن الله تعالى وإن لم أجد لي خلاصًا أموت داخل هذا النهر أحسن من هذا المكان.

ثم إني قمت وسعيت فجمعت أخشابًا من تلك الجزيرة من خشب العود الصيني والقماري، وشددتها على جانب البحر بحبال المراكب التي كسرت، وجئت بألواح مساوية من ألواح المراكب ووضعتها في ذلك الخشب، وجعلت ذلك الفلك في عرض ذلك النهر أو أقل من عرضه. وشددته طيبًا مكينًا وقد أخذت معي من تلك المعادن والجواهر والأموال واللؤلؤ الكبير الذي مثل الحصى وغير ذلك من الذي في تلك الجزيرة وشيئًا من العنبر الخام الخالص الطيب ووضعته في ذلك الفلك. ووضعت فيه جميع ما جمعته من الجزيرة، وأخذت معي جميع ما كان باقيًا من الزاد. ثم إني ألقيت ذلك الفلك في هذا النهر وجعلت له خشبتين على جنبيه مثل المجاديف، وعملت بقول بعض الشعراء:

ترحل عن مكان فيه ضيم — وخل الدار تنعي من بناها

فإنك واجد أرضًا بأرض — ونفسك لم تجد نفسًا سواها

ولا تجزع لحادثة الليالي — فكل مصيبة يأتي انتهاها

ومن كانت منيته بأرض — فليس يموت في أرض سواها

ولا تبعث رسولك في مهم — فما لنفس ناصحة سواها

وسرت بذلك الفلك في النهر وأنا متفكر فيما يصير إليه أمري، ولم أزل سائرًا إلى المكان الذي يدخل فيه النهر تحت ذلك الجبل، وأدخلت الفلك في هذا المكان وقد صرت في ظلمة شديدة فأخذتني سنة من النوم من شدة القهر فنمت على وجهي في الفلك، ولم يزل سائرًا بي وأنا نائم لا أدري بكثير ولا قليل. حتى استيقظت، فوجدت نفسي في النور، ففتحت عيني فرأيت مكانًا واسعًا وذلك الفلك مربوط على جزيرة وحولي جماعة من الهنود والحبشة. فلما رأوني قمت نهضوا إلي وكلموني بلسانهم فلم أعرف ما يقولون. وبقيت أظن أنه حلم وأن هذا في المنام من شدة ما كنت فيه من الضيق والقهر.

فلما كلموني ولم أعرف حديثهم، ولم أرد عليهم جوابًا، تقدم إلي رجل منهم وقال لي بلسان عربي:

ـ السلام عليك يا أخانا، من أنت؟ ومن أين جئت؟ وما سبب مجيئك إلى هذا المكان؟ ونحن أصحاب الزرع والغيطان وجئنا لنسقي غيطاننا وزرعنا، فوجدناك نائمًا في الفلك، فأمسكناه وربطناه عندنا حتى تقوم على مهلك، فأخبرنا ما سبب وصولك إلى هذا المكان.

فقلت له:

ـ بالله عليك يا سيدي، آتني بشيء من الطعام، فإني جائع، وبعد ذلك اسألني عما تريد.

فأسرع وآتاني بالطعام، فأكلت حتى شبعت، واسترحت وسكن روعي وازداد شبعي، وردت لي روحي، فحمدت الله تعالى على كل حال، وفرحت بخروجي من ذلك النهر ووصولي إليهم وأخبرتهم بجميع ما جرى لي من أوله إلى آخره وما لقيته في ذلك النهار وضيقه.

ثم إنهم تكلموا مع بعضهم، وقالوا لابد أن نأخذه معنا ونعرضه على ملكنا ليخبره بما جرى له. فأخذوني معهم وحملوا معي الفلك بجميع ما فيه من المال والنوال والجواهر والمعادن والمصاغ، وأدخلوني على ملكهم وأخبروه بما جرى، فسلم علي ورحب بي وسألني عن حالي وما اتفق

لي من الأمور، فأخبرته بجميع ما كان من أمري وما لاقيته من أوله إلى آخره فتعجب الملك من هذه الحكاية غاية العجب وهنأني بالسلامة.

فعند ذلك قمت واطلعت من ذلك الفلك شيئًا كثيرًا من المعادن والجواهر والعود والعنبر الخام وأهديته إلى الملك. فقبله مني وأكرمني إكرامًا زائدًا، وأنزلني في مكان عنده، وقد صاحبت أخيارهم وأكابرهم وأعزوني معزة عظيمة وصرت لا أفارق دار الملك، وصار الواردون إلى تلك الجزيرة يسألونني عن أمور بلادي فأخبرهم بها. وكذلك أسألهم عن أمور بلادهم فيخبروني بها. إلى أن سألني ملكهم يومًا من الأيام عن أحوال بلادي. وعن أحوال حكم الخليفة في بلاد مدينة بغداد، فأخبرته بعدله في أحكامه، فتعجب من أموره وقال لي:

- والله إن هذا الخليفة له أمور عقلية وأحوال مرضية، وأنت قد حببتني فيه ومرادي أن أجهز له هدية وأرسلها معك إليه.

فقلت:

- سمعًا وطاعة يا مولانا، أوصلها إليه، وأخبره أنك محب صادق.

ولم أزل مقيمًا عند ذلك الملك وأنا في غاية العز والإكرام وحسن المعيشة، مدة من الزمان، إلى أن كنت جالسًا يومًا من الأيام في دار الملك، فسمعت بخبر جماعة من تلك المدينة أنهم جهزوا لهم مركبًا يريدون السفر فيه إلى نواحي مدينة البصرة، فقلت في نفسي ليس لي أوفق من السفر مع هؤلاء الجماعة.

فأسرعت من وقتي وساعتي وقبلت يد ذلك الملك وأعلمته بأن مرادي السفر مع الجماعة في المركب الذي جهزوه، لأني اشتقت إلى أهلي وبلادي. فقال لي الملك:

- الرأي لك، وإن شئت الإقامة، عندنا فعلى الرأس والعين، وقد حصل لنا أنسك.

فقلت:

- والله يا سيدي، لقد غمرتني بجميلك وإحسانك، ولكن قد اشتقت إلى أهلي وبلادي وعيالي.

فلما سمع كلامي، أحضر التجار الذين جهزوا المركب وأوصاهم علي، ووهب لي شيئًا كثيرًا من عنده، ودفع عني أجرة المركب، وأرسل معي هدية عظيمة إلى الخليفة هارون الرشيد بمدينة بغداد.

ثم إني ودعت الملك، ووعدت جميع أصحابي الذين كنت أتردد عليهم، ثم نزلت المركب مع التجار. وسرنا وقد طاب لنا الريح والسفر ونحن متوكلون على الله سبحانه وتعالى، ولم نزل مسافرين من بحر إلى بحر ومن جزيرة إلى جزيرة، إلى أن وصلنا بالسلامة بإذن الله إلى مدينة البصرة، فطلعت من المركب. ولم أزل مقيمًا بأرض البصرة أيامًا وليالي، حتى جهزت نفسي وحملت حمولي وتوجهت إلى مدينة بغداد دار السلام، فدخلت على الخليفة هارون الرشيد، وقدمت إليه تلك الهدية وأخبرته بجميع ما جرى لي.

ثم خزنت جميع أموالي وأمتعتي، ودخلت حارتي وجاءني أهلي وأصحابي، وفرقت الهدايا على جميع أهلي وتصدقت ووهبت. وبعد مدة من الزمان أرسل إلي الخليفة، فسألني عن سبب تلك الهدية ومن أين هي، فقلت:

- يا أمير المؤمنين، والله لا أعرف المدينة التي هي منها اسمًا ولا طريقًا ولكن لما غرق المركب الذي كنت فيه طلعت على جزيرة، وصنعت لي فلكًا، ونزلت فيه في نهر كان في وسط الجزيرة، وأخبرته بما جرى لي فيها، وكيف كان خلاصي من ذلك النهر إلى تلك المدينة، وبما جرى لي فيها وبسبب إرسال الهدية.

فتعجب من ذلك غاية العجب، وأمر المؤرخون أن يكتبوا حكايتي ويجعلوها في خزائنه ليعتبر بها كل من رآها، ثم إنه أكرمني إكرامًا زائدًا.

أقمت بمدينة بغداد على ما كنت عليه في الزمن الأول، ونسيت جميع ما جرى لي وما قاسيته من أوله إلى آخره، ولم أزل في لذة عيش ولهو وطرب فهذا ما كان من أمري في السفرة السادسة يا إخواني. وإن شاء الله تعالى في غد أحكي لكم حكاية السفر السابعة، فإنها أعجب وأغرب من هذه السفرات.. ثم إنه أمر بمد السماط وتعشوا عنده، وأمر السندباد البحري للسندباد الحمال بمائة مثقال من الذهب، فأخذها وانصرف الجماعة وهم متعجبون من ذلك غاية العجب.

وراح كل واحد إلى حال سبيله بات السندباد الحمال في منزله، ثم قام وصلى الصبح، وجاء إلى منزل السندباد البحري وأقبل الجماعة.

الرحلة السابعة

فلما تكلموا، ابتدأ السندباد البحري بالكلام في حكاية السفرة السابعة، وقال:

- اعلموا يا جماعة أني لما رجعت من السفرة السادسة، وعدت لما كنت عليه في الزمن الأول وأنا متواصل الهناء والسرور ليلًا ونهارًا. وقد حصل لي مكاسب كثيرة وفوائد عظيمة فاشتاقت نفسي إلى الفرجة في البلاد وإلى ركوب البحر وعشرة التجار وسماع الأخبار. فهممت بذلك الأمر وحزمت أحمالًا بحرية من الأمتعة الفاخرة وحملتها من مدينة بغداد إلى مدينة البصرة، فرأيت مركبًا محضرًا للسفر وفيه جماعة من التجار العظام، فنزلت معهم واستأنست بهم، وسرنا بسلامة وعافية قاصدين السفر وقد طاب لنا الريح، حتى وصلنا إلى مدينة الصين ونحن في غاية الفرح والسرور، نتحدث مع بعضنا في أمر السفر والمتجر.

فبينما نحن على هذه الحالة وإذا بريح عاصف هب من مقدم المركب ونزل علينا مطر شديد حتى ابتلينا وابتلت حمولنا، فغطينا الحمول باللباد والخيش خوفًا على البضاعة من التلف بالمطر. وصرنا ندعوا الله تعالى ونتضرع إليه في كشف ما نزل بنا مما نحن فيه. فعند ذلك قام ريس المركب وشد حزامه وتشمر وطلع على الصاري، وصار يلتفت يمينًا وشمالًا وبعد ذلك نظر إلى أهل المركب، ولطم على وجهه ونتف لحيته، فقلنا:

- يا ريس، ما الخبر؟؟

فقال لنا:

- اطلبوا من الله تعالى النجاة مما وقعنا، وابكوا على أنفسكم وودعوا بعضكم واعلموا أن الريح قد غلب علينا ورمانا في آخر بحار الدنيا.

ثم إن الريس نزل من فوق الصاري وفتح صندوقه، وأخرج منه كيسًا قطنًا، وفكه وأخرج منه ترابًا مثل الرماد، وبله بالماء وصبر عليه قليلًا وشمه. ثم إنه أخرج من ذلك الصندوق كتابًا صغيرًا، وقرأ فيه. وقال لنا:

- اعلموا يا ركاب أن في هذا الكتاب أمرًا عجيبًا يدل على أن كل من وصل إلى هذه الأرض لم ينج منها بل يهلك، فإن هذه الأرض تسمى إقليم الملوك، وفيها قبر سيدنا سليمان بن داود عليهما السلام، وفيه حيات عظام الخلقة هائلة المنظر. فكل مركب وصل إلى هذا الإقليم يطلع له حوت من البحر فيبتلعه بجميع ما فيه.

فلما سمعنا هذا الكلام من الريس، تعجبنا غاية العجب من حكايته. فلم يتم الريس كلامه لنا حتى صار المركب يرتفع بنا عن الماء ثم ينزل، وسمعنا صرخة عظيمة مثل الرعد القاصف فارتعبنا منها وصرنا كالأموات، وأيقنا بالهلاك في ذلك الوقت.

وإذا بحوت قد أقبل على المركب كالجبل العالي، ففزعنا منه وقد بكينا على أنفسنا بكاء شديدًا، وتجهزنا للموت وصرنا ننظر إلى ذلك الحوت ونتعجب من خلقته الهائلة، وإذا بحوت ثان قد أقبل علينا فما رأينا أعظم خلقة منه ولا أكبر.

فعند ذلك ودعنا بعضنا ونحن نبكي على أرواحنا، وإذا بحوت ثالث قد أقبل وهو أكبر من الاثنين اللذين جاءا قبله، وصرنا لا نعي ولا نعقل وقد اندهشت عقولنا من شدة الخوف والفزع. ثم إن هذه الحيتان الثلاثة صاروا يدورون حول المركب، وقد أهوى الحوت الثالث ليبتلع المركب بكل ما فيه. وإذا بريح عظيم ثار، فقام المركب ونزل على شعب عظيم فانكسر وتفرقت جميع الألواح، وغرقت جميع الحمول والتجار والركاب في البحر.

فخلعت أنا جميع ما علي من الثياب ولم يبق علي غير ثوب واحد، ثم عمت قليلًا فلحقت لوحًا من ألواح المركب وتعلقت به، ثم إني طلعت عليه وركبته وقد صارت الأمواج والرياح تلعب بي على وجه الماء وأنا قابض على ذلك اللوح والموج يرفعني ويحطني، وأنا في أشد ما يكون من المشقة والخوف والجوع والعطش، وصرت ألوم نفسي على ما فعلته وقد تعبت نفسي بعد الراحة. وقلت لروحي يا سندباد يا بحري أنت لم تتب، كل مرة تقاسي فيها الشدائد والتعب ولم تتب عن سفر البحر، وإن

تبت تكذب في التوبة. فقاس كل ما تلقاه، فإنك تستحق جميع ما يحصل لك. أنا أستحق جميع ما يجري لي وكل هذا مقدر علي من الله تعالى حتى أرجع عما أنا فيه من الطمع. وهذا الذي أقاسيه من طمعي، فإن عندي مالًا كثيرًا. ثم إنه قال وقد رجعت لعقلي، وقلت إني في هذه السفرة قد تبت إلى الله تعالى توبة نصوحًا عن السفر. وما بقيت عمري أذكره على لساني ولا على بالي، ولم أزل أتضرع إلى الله تعالى وأبكي، ثم إني تذكرت في نفسي ما كنت فيه من الراحة والسرور واللهو والطرب والانشراح. ولم أزل على هذه الحالة أول وثاني يوم إلى أن طلعت على جزيرة عظيمة، فيها شيء كثير من الأشجار والأنهار. فصرت آكل من ثمر تلك الأشجار وأشرب من ماء تلك الأنهار، حتى انتعشت وردت لي روحي، وقويت همتي، وانشرح صدري. ثم مشيت في الجزيرة فرأيت في جانبها الثاني نهرًا عظيمًا من الماء العذب. ولكن ذلك النهر يجري جريًا قويًا: فتذكرت أمر الفلك الذي كنت فيه سابقًا وقلت في نفسي لابد أن أعمل لي فلكًا مثله لعلي أنجو من هذا الأمر، فإن نجوت به حصل المراد، وتبت إلى الله تعالى من السفر. وإن هلكت، ارتاح قلبي من التعب والمشقة. ثم إني قمت فجعلت أخشابًا من تلك الأشجار من خشب الصندل العال الذي لا يوجد مثله، وأنا لا أدري أي شيء هو، ولما جمعت تلك الأخشاب تخليت بأغصان ونبات من هذه الجزيرة، وفتلتها مثل الحبال وشددت بها الفلك. وقلت إن سلمت فمن الله، ثم إني أنزلت في ذلك الفلك وسرت به في ذلك النهر حتى خرجت من آخر الجزيرة، ثم بعدت عنها ولم أزل سائرًا أول يوم وثاني يوم وثالث يوم بعد مفارقة الجزيرة، وأنا نائم ولم آكل في هذه المدة شيئًا. ولكن إذا عطشت شربت من ذلك النهر، وصرت مثل الفرخ الدايخ من شدة التعب والجوع حتى انتهى بي الفلك إلى جبل عال والنهر داخل من تحته.

فلما رأيت ذلك خفت على نفسي من الضيق الذي كنت أنا فيه أول مرة في النهر السابق، وأردت أن أوقف الفلك وأطلع منه إلى جانب الجبل، فغلبني الماء فجذب الفلك وأنا فيه ونزل به تحت الجبل. فلما رأيت ذلك، أيقنت بالهلاك، وقلت: لا حول ولا قوة إلا بالله العلي العظيم. ولم يزل الفلك سائرًا مسافة يسيرة ثم طلع إلى مكان واسع وإذا هو واد كبير

والماء يهدر فيه وله دوي مثل دوي الرعد وجريان مثل جريان الريح. فصرت قابضًا على ذلك الفلك بيدي وأنا خائف أن أقع فوقه، والأمواج تلعب يمينًا وشمالًا في وسط ذلك المكان. ولم يزل الفلك منحدرًا مع الماء الجاري في ذلك الوادي، وأنا لا أقدر على منعه ولا أستطيع الدخول به في جهة البر إلى أن رسى بي على جانب مدينة عظيمة المنظر مليحة البناء فيها خلق كثير.

فلما رأوني وأنا في ذلك الفلك منحدر في وسط النهر مع التيار، رموا علي الشبكة والحبال في ذلك الفلك، ثم أطلعوا الفلك من ذلك النهر إلى البر فسقطت بينهم وأنا مثل الميت من شدة الجوع والسهر والخوف. فتلقاني من بين هؤلاء الجماعة رجل كبير في السن، وهو شيخ عظيم ورحب بي ورمى لي ثيابًا كثيرة، فسترت بها عورتي. ثم إنه أخذني وسار بي وأدخلني الحمام وجاء لي بالأشربة والروائح الذكية، ثم بعد خرجنا من الحمام. أخذني إلى بيته وأدخلني فيه ففرح بي أهل بيته، ثم أجلسني في مكان ظريف وهيأ لي شيئًا من الطعام الفاخر فأكلت حتى شبعت وحمدت الله تعالى على نجاتي.

وبعد ذلك قدم لي غلمانه ماء ساخنًا فغسلت يدي، وجاءني حواريه بمناشف من الحرير، فنشفت يدي ومسحت فمي، ثم إن ذلك الشيخ قام من وقته وأخلى لي مكانًا منفردًا وحده في جانب داره. وألزم غلمانه وجواريه بخدمتي وقضاء حاجتي وجميع مصالحي فصاروا يتعهدونني، ولم أزل على هذه الحالة عنده في دار الضيافة ثلاثة أيام، وأنا على أكل طيب وشرب طيب ورائحة طيبة. حتى ردت لي روحي وسكن روعي وهدأ قلبي وارتاحت نفسي.

فلما كان اليوم الرابع، تقدم إلي الشيخ وقال لي:

- آنستنا يا ولدي، والحمد لله على سلامتك. فهل لك أن تقوم مع إلى ساحل البحر وتنزل السوق فتبيع البضاعة وتقبض ثمنها لعلك تشتري بها شيئًا تتاجر فيه.

فسكت قليلًا، وقلت في نفسي: ليس معي بضاعة، وما سبب هذا الكلام؟

قال الشيخ:

- يا ولدي لا تهتم ولا تفكر، فقم بنا إلى السوق، فإن رأينا من نعطيك في بضاعتك ثمنًا يرضيك أقبضه لك، وإن لم يجيء فيها شيء يرضيك أحفظها لك عندي في حواصلي حتى تجيء أيام البيع والشراء.

فتفكرت في أمري وقلت لعقلي: طاوعه حتى تنظر أي شيء تكون هذه البضاعة.

ثم إني قلت له:

- سمعًا وطاعة يا عم الشيخ، والذي تفعله فيه البركة ولا يمكنني مخالفتك في شيء.

ثم إني جئت معه إلى السوق، فوجدته قد فك الفلك الذي جئت فيه وهو من خشب الصندل وأطلق المنادي عليه. وكان الدلال يدلل عليه التجار، وفتحوا باب سعره وتزايدوا فيه إلى أن بلغ ثمنه ألف دينار. وبعد ذلك توقف التجار عن الزيادة، فالتفت لي الشيخ وقال:

- اسمع يا ولدي هذا سعر بضاعتك في مثل هذه الأيام، فهل تبيعها بهذا السعر؟ أو تصبر، وأنا احفظها لك عندي في حواصلي حتى يجيء أوان زيادتها في الثمن فنبيعها لك؟

فقلت له:

- يا سيدي، الأمر أمرك فافعل ما تريد..

فقال:

- يا ولدي أتبيعني هذا الخشب بزيادة مائة دينار ذهبًا فوق ما أعطى فيه التجار؟

فقلت له:

- بعتها لك، وقبضت الثمن.

فعند ذلك، أمر غلمانه بنقل الخشب إلى حواصله، ثم إني رجعت معه إلى بيته فجلسنا وعد لي جميع ثمن ذلك الخشب، وأحضر لي أكياسًا ووضع المال فيها، وقفل عليها بقفل حديد وأعطاني مفتاحه.

وبعد مدة أيام وليالي، قال الشيخ:

- يا ولدي إني أعرض عليك شيئًا، وأشتهي أن تطاوعني فيه.

فقلت له:

- وما ذاك الأمر؟

فقال لي:

- اعلم أني بقيت رجلًا كبير السن وليس لي ولد ذكر، وعندي بنت صغيرة السن ظريفة الشكل لها مال كثير وجمال، فأريد أن أزوجها لك وتقعد معها في بلادنا، ثم إني أملكك جميع ما هو عندي وما تمسكه يدي، فإني بقيت رجلًا كبيرًا. وأنت تقوم مقامي.

فسكت ولم أتكلم، فقال لي:

- أطعني يا ولدي في الذي أقوله لك، فإن مرادي لك الخير. فإن أطعتني، زوجتك ابنتي. وتبقى مثل ولدي، وجميع ما في يدي وما هو ملكي يصير لك. وإن أردت التجارة والسفر إلى بلادك لا يمنعك أحد، وهذا مالك تحت يدك فافعل به ما تريد وما تختاره.

فقلت له:

- والله يا عم الشيخ أنت أمرت مثل والدي، وأنا قاسيت أهوالًا كثيرة ولم يبق لي رأي ولا معرفة. فالأمر أمرك في جميع ما تريد.

فعند ذلك أمر الشيخ غلمانه بإحضار القاضي والشهود فأحضروهم. وزوجني ابنته وعمل لنا وليمة عظيمة، وفرحًا كبيرًا، وأدخلني عليها فرأيتها في غاية الحسن والجمال بقد واعتدال. وعليها شيء كثير من

أنواع الحلي والحلل والمعادن والمصاغ والعقود والجواهر الثمينة التي قيمتها ألوف الألوف من الذهب، ولا يقدر أحد على ثمنها.

فلما دخلت عليها، أعجبتني ووقعت المحبة بيننا، وأقمت معها مدة من الزمان وأنا في غاية الأنس والانشراح. وقد توفي والدها إلى رحمة الله تعالى، فجهزناه ودفناه، ووضعت يدي على ما كان معه وصار جميع غلمانه غلماني، وتحت يدي في خدمتي، وولاني التجار مرتبته لأنه كان كبيرهم، ولا يأخذ أحد شيئًا إلا بمعرفته وإذنه، لأنه شيخهم. وصرت أنا في مكانه.

فلما خالطت أهل تلك المدينة، وجدتهم تنقلب حالتهم في كل شهر فتظهر لهم أجنحة يطيرون بها إلى عنان السماء، ولا يبقى متخلفًا في ذلك المدينة غير الأطفال والنساء. فقلت في نفسي: إذا جاء رأس الشهر، أسأل أحدًا منهم، فلعلهم يحملوني معهم إلى أين يروحون. فلما جاء رأس ذلك الشهر، تغيرت ألوانهم وانقلبت صورهم. فدخلت على واحد منهم، وقلت له:

- بالله عليك أن تحملني معك حتى أتفرج وأعود معكم.

فقال لي:

- هذا شيء لا يمكن..

فلم أزل أتداخل عليه، حتى أنعم علي بذلك، وقد رافقتهم وتعلقت به فطار بي في الهواء، ولم أعلم أحدًا من أهل بيتي ولا من غلماني ولا من أصحابي، ولم يزل طائرًا بي ذلك الرجل وأنا على أكتافه حتى علا بي في الجو. فسمعت تسبيح الأملاك في قبة الأفلاك، فتعجبت من ذلك وقلت سبحان الله. فلم أستتم التسبيح حتى خرجت نار من السماء كادت تحرقهم فنزلوا جميعًا وألقوني على جبل عال، وقد صاروا في غلبة الغيظ، مني وراحوا وخلوني. فصرت وحدي في ذلك الجبل، فلمت نفسي على ما فعلت، وقلت لا حول ولا قوة إلا بالله العلي العظيم، إني كلما أخلص من مصيبة أقع في مصيبة أقوى منها. ولم أزل في ذلك ولا أعلم أين أذهب

وإذا بغلامين سائرين، كأنهما قمران وفي يد كل واحد منهما قضيب من ذهب يتعكز عليه.

فتقدمت إليهما وسلمت عليهما، فردا علي السلام. فقلت لهما:

- بالله عليكما من أنتما؟ وما شأنكما؟

فقالا لي:

- نحن من عباد الله تعالى.

ثم إنهما أعطياني قضيبًا من الذهب الأحمر الذي كان معهما، وانصرفا في حال سبيلهما وخلياني. فصرت أسير على رأس الجبل وأنا أتعكز بالعكاز وأتفكر في أمر هذين الغلامين، وإذا بحية قد خرجت من تحت ذلك الجبل، وفي فمها رجل بلعته من أرجله إلى تحت صرته وهو يصيح ويقول:

- من يخلصني، يخلصه الله من كل شدة.

فتقدمت إلى تلك الحية وضربتها بالقضيب الذهبي على رأسها، فرمت الرجل من فمها. فتقدم إلي الرجل، وقال:

- حيث كان خلاصي على يديك من هذه الحية، فما بقيت أفارقك وأنت صرت رفيقي في هذا الجبل.

فقلت له:

- مرحبًا..

وسرنا في ذلك الجبل، وإذا بقوم أقبلوا علينا، فنظرت إليهم فإذا فيهم الرجل الذي كان حملني على أكتافه وطار بي. فتقدمت إليه واعتذرت له وتلطفت به، وقلت له:

- يا صاحبي، ما هكذا تفعل الأصحاب بأصحابهم..

فقال لي الرجل:

- أنت الذي أهلكتنا بتسبيحك على ظهري..

فقلت له:

- لا تؤاخذني، فإني لم أكن أعلم بهذا الأمر، ولكنني لا أتكلم بعد ذلك أبدًا.

فسمح بأخذي معه، ولكن اشترط علي أن لا أذكر الله ولا أسبحه على ظهره. ثم إنه حملني وطار بي مثل الأول حتى أوصلني إلى منزلي. فتلقتني زوجتي وسلمت علي وهنأتني بالسلامة، وقالت لي:

- احترس من خروجك بعد ذلك مع هؤلاء الأقوام.. ولا تعاشرهم.. فإنهم إخوان الشياطين، ولا يعلمون ذكر الله تعالى.

فقلت لها:

- كيف كان حال أبيك معهم؟

فقالت لي:

- إن أبي ليس منهم، ولا يعمل مثلهم. والرأي عندي حيث مات أبي، أنك تبيع جميع ما عندنا وتأخذ بثمنه بضائع، ثم تسافر إلى بلادك وأهلك وأنا أسير معك. وليس لي حاجة بالقعود هنا في هذه المدينة بعد أمي وأبي.

فعند ذلك، صرت أبيع من متاع ذلك الشيخ شيئًا بعد شيء، وأنا أترقب أحدًا يسافر من تلك المدينة وأسير معه. فبينما أنا كذلك، وإذا بجماعة في المدينة أرادوا السفر، ولم يجدوا لهم مركبًا، فاشتروا خشبًا وصنعوا لهم مركبًا كبيرًا، فاكتريت معهم ودفعت إليهم الأجرة بتمامها.

ثم نزلت زوجتي وجميع ما كان معنا في المركب وتركنا الأملاك والعقارات فسرنا ولم نزل سائرين في البحر من جزيرة إلى جزيرة ومن بحر إلى بحر، وقد طاب لنا ريح السفر أشهرًا حتى وصلنا بالسلامة إلى مدينة البصرة فلم أقم بها، بل اكتريت مركبًا آخر ونقلت إليه جميع ما كان معي، وتوجهت إلى مدينة بغداد، ثم دخلت حارتي، وجئت داري

وقابلت أهلي وأصحابي وأحبابي وخزنت، جميع ما كان معي من البضائع في مخازني، وقد حسب أهلي مدة غيابي عنهم في السفرة السابعة، فوجدوها سبعًا وعشرين سنة حتى قطعوا الرجاء مني.

فلما جئت، وأخبرتهم بجميع ما كان من أمري وما جرى لي، صاروا كلهم يتعجبون من ذلك الأمر عجبًا كبيرًا وقد هنأوني بالسلامة. ثم إني تبت إلى الله تعالى عن السفر في البر والبحر بعد هذه السفرة السابعة التي هي غاية السفرات وقاطعة الشهوات. وشكرت الله سبحانه وتعالى وحمدته وأثنيت عليه حيث أعادني إلى أهلي وبلادي وأوطاني. فانظر يا سندباد يا حمال ما جرى لي وما وقع لي وما كان من أمري..

فقال السندباد البري للسندباد البحري:

– بالله عليك لاتؤاخذني بما كان مني في حقك.

ولم يزالوا في مودة مع بسط زائد وفرح وانشراح إلى أن أتاهم هادم اللذات ومفرق الجماعات ومخرب القصور ومعمر القبور وهو كأس الموت. فسبحان الحي الذي لا يموت.